一时暖身，一世暖心

周海亮 ◎ 著

北方联合出版传媒（集团）股份有限公司

万卷出版公司

ⓒ 周海亮 2019

图书在版编目（CIP）数据

一时暖身，一世暖心 / 周海亮著. — 沈阳：万卷
出版公司，2019.3
ISBN 978-7-5470-5110-8

Ⅰ.①一… Ⅱ.①周… Ⅲ.①中国文学 – 当代文学 –
作品综合集 Ⅳ.①I217.2

中国版本图书馆CIP数据核字（2018）第293138号

出 品 人：刘一秀
出版发行：北方联合出版传媒（集团）股份有限公司
　　　　　万卷出版公司
　　　　　（地址：沈阳市和平区十一纬路25号　邮编：110003）
印 刷 者：辽宁新华印务有限公司
经 销 者：全国新华书店
幅面尺寸：145mm×210mm
字　　数：240千字
印　　张：10
出版时间：2019年3月第1版
印刷时间：2019年3月第1次印刷
责任编辑：胡　利
责任校对：高　辉
装帧设计：展　志
ISBN 978-7-5470-5110-8
定　　价：38.00元
联系电话：024-23284090
传　　真：024-23284448
常年法律顾问：李　福　版权所有　侵权必究　举报电话：024-23284090
如有印装质量问题，请与印刷厂联系。联系电话：024-31255233

Contents 目 录

Chapter 01　起身的饺子落身的面

Chapter 02　城市的灯火与他们无关

Chapter 03　有爱一生暖

Chapter 04　一掌阴凉

Chapter 05　暗夜的明灯

Chapter

01

起身的饺子落身的面

总在睡梦里听见母亲下地的声音。

那声音轻柔舒缓，母亲的贤惠，与生俱来。

母亲和好面，剁好馅，然后，

擀面杖在厚实的面板上，

辗转出岁月的安然与宁静。

起身的饺子落身的面

　　起身的饺子落身的面。这风俗令我幸福和忧伤。

　　年轻的父亲是一位石匠。石匠的概念在于健康并且强韧的身体，单调并且超负荷的劳动。石匠只与脚下的石头与手中的铁器有关，同样冷冷冰冰，让秋天的双手，裂出一道道纵横交错的血口。每个星期父亲都会回来一次，骑一辆旧金鹿自行车，车至村头，铃铛便清脆地响起了。我跑去村头迎接，拖两串鼻涕，光亮的脑瓢在黄昏里闪出蓝紫色的光芒。父亲不下车，只一条腿支地，侧身，弯腰，我便骑上他的臂弯。父亲将我抱上前梁，说，走咧！然后，一路铃声欢畅。

　　那时的母亲，正在灶间忙碌。年轻的母亲头发乌黑，面色红润。鸡蛋在锅沿上磕出美妙的声响，小葱碧绿，木耳柔润，爆酱的香气令人垂涎。那自然是面。纯正的胶东打卤面，母亲的手艺令村人羡慕。那天的晚饭自然温情并且豪迈，那时的父亲，可以干掉四海碗。

　　起身的饺子落身的面。父亲在家住上一天，就该起程了。可是我很少看见父亲起程。每一次，他离开，都是披星戴月。

总在睡梦里听见母亲下地的声音。那声音轻柔舒缓，母亲的贤惠，与生俱来。母亲和好面，剁好馅，然后，擀面杖在厚实的面板上，辗转出岁月的安然与宁静。再然后是拉动风箱的声音，饺子下锅的声音，父亲下地的声音，两个人小声说话的声音，满屋子水汽，迷迷茫茫。父亲就在水汽里上路，自行车后架上，驮着他心爱的二十多公斤的开山锤。父亲干了近三十年石匠，回家，进山，再回家，再进山，两点一线，一千五百多次反复，母亲从未怠慢。起身，饺子；落身，面。一刀子一剪子，扎扎实实。即使那些最难熬的时日，母亲也不肯马虎。除去饺子和面的时日，一家人，分散在不同的地点，啃着窝头和咸菜。

父亲年纪大了，再也挥不动开山锤，然我，却开始离家了。那时我的声音开始变粗，脖子上长出喉结，见到安静的穿着鹅黄色毛衣的女孩，心就会怦怦跳个不停。学校在离家一百多里的乡下，我骑了父亲笨重并且结实的自行车，逢周末，回家。

迎接我的，同样是热气腾腾的面。正宗的胶东打卤面，盖了蛋花，葱花，木耳，虾仁，肉丝，绿油油的蔬菜，油花如同琥珀。学校里伙食很差，母亲的面，便成为一种奢求。好在有星期天。好在有家。好在有母亲。

返校前，自然是一顿饺子。晶莹剔透的饺子皮，香喷喷的大馅，一根大葱，几瓣酱蒜，一碟醋，一杯热茶，猫儿幸福地趴在桌底。我狼吞虎咽，将饺子吃出惊天动地的声音——那声音令母亲心安。

然后，毕业，我去到城市。那是最为艰难的几年，工作和一日三餐，都没有着落。当我饿得受不住，就会找个借口回家，然后在家里住上一阵子，一段时间以后，当认为伤疮已经长好，便再一次回到城市，再一次衣食无着——城市顽固地拒绝着一个来自乡村的只有职高文化的腼腆而单纯的孩子——城市不近人情，高楼大厦令我恐惧却向往。

　　回家，坐在门槛上抽烟，看母亲认真地煮面。母亲是从我迈进家门的那一刻开始忙碌的，她将一直忙碌到我再一次离开家门。几天时间里她会不停地烙饼，她会在饼里放上糖，放上鸡蛋，放上葱花，放上咸肉，然后在饼面上沾上芝麻，印出美丽的花纹。那些烙饼是我回到城市的一日三餐，母亲深知城市并不像我描述的那么美好。可是她从来不问，母亲把她的爱和责任，全都变成了饺子、烙饼和面。母亲看着我吃，沉默。沉默的母亲变得苍老，我知道这苍老，全因了我。

　　起身的饺子落身的面，我真的不知道这样的风俗因何而来。也许，饺子属于"硬"食的一种吧，不仅好吃，并且耐饥，较适合吃完以后赶远路；而面，则属于"软"食的一种吧，不仅好吃，并且易于消化，较适合吃完以后睡觉或者休息。一次说给母亲听，母亲却说，这该是一种祝愿吧！"饺子"，交好运的意思；而"面"，意在长长久久。出门，交好运；回家，长长久久，很好的寓意。再图个什么呢？

　　想，母亲的话，该是有些道理的。平凡的人们，再图个什么？出门平安，回家长久，足够了。

然母亲很少出门，自然，她没有机会吃到我们为她准备的"起身的饺子落身的面"。可是那一次，母亲要去县城看望重病的姑姑——本计划一家人同去的，可是因了秋收，母亲只好独行。头天晚上，我和父亲商量好，第二天一早会为母亲准备一盘饺子，可是当我们醒来，母亲早已坐上了通往县城的汽车。

头一天晚上，我几乎彻夜未眠。我怕不能够按时醒来，我怕母亲吃不到"起身的饺子"。然我还是没能按时醒来，似乎刚打一个盹儿，天就亮了。可是，父亲的那些年月，我的那些年月，母亲却从来未曾忘记未曾耽误哪怕一次"起身的饺子"。很多时候，我想母亲已经超越了一个母亲的能力，她变成一尊神，将我和父亲守护。

然她却是空着肚子走出家门的。家里有她伺候了大半辈子的儿子和丈夫，却无人为她，煮上一碗饺子。

起身的饺子落身的面。这习俗让我忧伤并且难堪。

母亲是在三天以后回来的。归来的母亲，疲惫异常。我发现她真的老了，这老在于她的神态，在于她的动作，而绝非半头的白发和佝偻的身体。走到院子里，母亲就笑了——她闻到了蛋花的香味，小葱的香味，木耳的香味，虾仁的香味——她闻到了"落身的面"。那笑，让母亲暂时变得年轻。

母亲吃得很安静，很郑重。吃完一小碗，她抬起头，看看我和父亲。母亲说，挺好吃。

三个字，一句话，足够母亲和我们，幸福并珍惜一生。

一时暖身，一世暖心

男孩女孩同在一个办公室，坐对桌。公司很小，办公室里条件简陋。记得那是冬天，办公室里奇冷无比。女孩只能把自己裹成一只粽子。

男孩其貌不扬，性格腼腆。他安安分分地做着自己的事，从不和女孩多说一句话。只是偶尔，他会站起来，隔着桌子为女孩倒一杯开水。他冲女孩微笑，露出整齐洁白的牙齿。

每天男孩都来得很早。他坐在女孩的皮椅上，静静地读一本书。等女孩来了，他就站起来，给女孩倒一杯开水，然后回到自己的座位，开始一天的工作。

女孩对男孩并不反感，但绝对谈不上喜欢。她奇怪他为什么要坐在自己的椅子上看书呢？他自己没有椅子？后来她想也许是因为这里的光线好吧。男孩和女孩同一天来到公司，同一天分到那间办公室。那天男孩指着两个座位问她，你坐哪里？女孩说哪里都行。男孩说那你坐在靠窗的位置吧。那里光线好一些。然后男孩坐到她的对面。男孩很喜欢微笑，女孩几乎没有见过他除了微笑以外的其他表情。

每一个早晨，男孩都要在女孩的座位上坐一会儿，等女孩来了，再起身离开。那已经成为男孩的习惯。

后来女孩发现男孩爱上了她。尽管男孩不曾表白，可是她能从他的目光里读出那份爱恋。男孩不说，女孩也不说。女孩对男孩并没有什么特别的感觉。男孩木讷，不高大，不帅。这样的男孩，很难打动一位漂亮女孩的芳心。

春天的时候，另一位男孩向她发起爱情攻势。夏天的时候，她和那位男孩的爱情达到了沸点。秋天的时候，他们开始吵架，爱情开始降温。到了冬天，女孩维持了近一年的爱情，匆匆画上句号。现在办公室里再一次冷若冰窖，女孩再一次把自己裹成一只粽子。

她发现，男孩再一次开始重复他的习惯。每天他早早地来，在女孩的座位上坐一会儿，读几页书，等她来了，就起身离开。男孩的举动，让女孩迷惑不解。

突然有一天，男孩没来上班。女孩走进办公室，她的座位上空空如也。可是她刚坐下去，就蹦了起来。她的皮椅，竟是那么凉！原来男孩每天坐在她的椅子上，是在用自己的体温使她的椅子变得温暖！男孩默默地为她做了两年，却从来不说！那一刻，女孩的心，被轻轻地扎了一下。

那天女孩魂不守舍。——有时就是这样奇怪，男孩坐在她对面两年多，她都不曾动心；而现在，她发现自己，竟是那样思念他。

往后的事情，变得自然而又简单。当男孩重新回到办公室时，女孩正坐在他的椅子上等他。女孩站起来,看着涨红了脸的男孩。女孩轻轻地说,我爱上你了。

　　很多人纳闷,这么漂亮开朗的女孩,怎么嫁给了那么木讷那么其貌不扬的男孩。女孩告诉他们说,我相信,这样的男人,肯定会让我温暖一辈子。

父亲的布鞋母亲的胃

　　一位朋友童年时，正赶上了三年困难时期。他告诉我，他能活到现在，全靠了父亲的一双布鞋。

　　朋友老家在鲁西南，一个平常都吃不饱饭的贫困山村，何况全国人都挨饿的那三年。朋友说他记事比较早，在那三年的漫长时间里，他每天要做的唯一事情，就是寻找各种各样的东西往嘴里塞。槐树叶吃光了吃槐树皮，草根吃光了吃观音土。观音土不能消化，把他的肚子胀成半透明的皮球。可是，在那样的年月，即使可以勉强吞咽下去的东西，也是那么少。朋友经常坐在院子里发呆，有时饿得突然昏厥过去。而朋友这时候，还是一个孩子。

　　朋友的父亲在公社的粮库工作。有一阵子，粮库里有一堆玉米，是响应号召，留着备战用的。饥肠辘辘的父亲守着散发着清香的玉米，念着骨瘦如柴甚至奄奄一息的妻儿。有几次他动了偷的心思，毕竟，生命与廉耻比起来，很多人会选择前者。但朋友的父亲说，那是公家的东西，即使我饿死了，也不去拿。

　　可是他最终还是对那堆粮食下手了。确切说是下脚。他穿着一双很大的布鞋，要下班时，他会围着那堆玉米转一圈，用脚在玉米堆上踢两下，然后，若无其事地走回家。他的步子迈得很扎实，看不出任何不自然。可是他知道，那鞋子里面，硌得他双脚疼痛难忍的，是几十粒玉米。回了家，他把鞋子脱下，把玉米洗净，捣碎，放进锅里煮两碗稀粥。朋友的母亲和朋友趴在锅沿贪婪地闻着玉米的香味，那是两张幸福的脸。

这时朋友的父亲会坐在一旁，往自己的脚上抹着草木灰。他的表情非常痛苦。这痛苦因了磨出血泡甚至磨出鲜血的脚掌，更因了内心的羞愧和不安。他知道这是偷窃，可是他没有办法。他可以允许自己被饿死，但他绝不允许自己的妻儿被饿死。朋友的父亲在那三年的黄昏里，总是痛苦着表情走路。他的鞋子里，总会多出几十粒玉米、高粱、小麦、黄豆……这些微不足道的粮食，救活了朋友以及朋友的母亲。

朋友说，他小时候认为最亲切的东西，就是父亲的双脚和那双破旧的布鞋。那是他们全家人的希望。那双脚，那双鞋，经常令我的朋友垂涎三尺。

饥荒终于过去，他们终于不必天天面对死亡。可是他的父亲，却没能熬过来。冬天回家的路上，父亲走在河边，竟然跌进了冰河。朋友说或许是他的父亲饿晕了，或许被磨出鲜血的双脚让父亲站立不稳，总之父亲一头栽进了冰河，就匆匆地去了。直到死，他的父亲，都没能吃过一顿饱饭。

朋友那天一直在呜咽。他喝了很多酒。他说多年后，他替父亲偿还了公社里的粮食，还了父亲的心债；可是，面对死去的父亲，他将永远无法偿还自己的心债。

朋友走后，我想起另外一个故事。故事是莫言讲的，发生在山东高密东北乡。

也是三年困难时期，村子里有一位妇女，给生产队推磨。家里有两个孩子和一个婆婆，全都饿得奄奄一息。万般无奈之下，她开始偷吃磨道上的生粮食。只是囫囵吞下去，并不嚼。回了家，赶紧拿一个盛满清水的瓦罐，然后取一支筷子深深探进自己的喉咙，将那些未及消化的粮食吐出来，给婆婆和孩子们煮粥。后来她吐得熟练了，不再需要筷子探喉，面前只需放一个瓦罐，就可以把胃里的粮食全部吐出。正是这些粮食，让婆婆和孩子们，熬过了最艰苦的三年。

她也熬过了那三年。她比朋友的父亲要幸运得多。可是，在她的后半生，在完全可以吃饱饭的情况下，这个习惯却依然延续。不管什么时候，只要看到瓦罐，她就会将胃里的东西吐得干净。她试图抑制，可是她控制不了自己。

当她的儿女们可以吃饱了，她的胃，可能仍是空的——因为她看到了瓦罐。

我不知道应该形容他们伟大，还是卑贱。回想我的童年，应该是幸福的。既没有眼巴巴盼着父亲布鞋里的几十粒粮食，也没有等着母亲从她的胃里吐出粮食然后下锅。可是我相信，假如我生在那个年代，他们肯定会这么做。并且，我相信世上的绝大多数父母，都会这么做。因为他们是父母，那是他们的本能。

你是怎么长大的？也许你长大的过程远没有那么艰难和惨

烈，但是请你相信，假如你生在那个时代的贫苦乡村，假如你有一位看守粮库的父亲或者在生产队推磨的母亲，那么，支撑你长大的，将必定是父亲鞋子里沾着鲜血的玉米或者母亲胃里尚未来得及消化的黄豆。

请爱他们吧。

硬币花

那几年，女人过得很苦。丈夫在某一天夜里丢下她和刚上初中的女儿小玲，突然撒手而去。偏偏女人那时候下岗了，家里失去唯一的经济来源，日子更是雪上加霜。生活仿佛一下子走到了尽头，眼前，望不到边的黑暗和绝望。

正是这时候，男人拉了她一把。

男人和她有过一段荡气回肠的恋情。当然只是曾经，生活并没有让两个人最终走到一起。有时在街上邂逅，男人会向女人微笑着点点头，甚至停下来，表情轻松地和她拉几句家常。人生就是这样，过去的，就过去了，敢爱敢恨或许只是一种假设。为什么要恨呢？那会让一个人变得狭隘和痛苦，永远生活在自我折磨之中。

男人经营着一个很小的服装厂。工厂效益虽然并不理想，可是他认为，从厂里挤出一点事给女人做，应该并不太难。可是让女人做什么呢？她不会蹬万能机，不会裁剪，不会数据统计，甚至提不起沉重的电熨斗。并且以女人那样单薄的身体，能经受得住那么辛苦的车间劳动吗？愁眉不展的男人想了好几天，终于有了办法。他想起女人曾经为他钩过一副很漂亮的手套，这说明，女人会使用钩针。那么为什么，不让她为工厂钩些"硬币花"呢？

"硬币花"是一种用细毛线钩成的五个花瓣的小花，二分硬币一般大小，缝在出口毛衣的袖口和胸前。作为一种服装辅料，"硬币花"用量很大。他的工厂一直需要这种"硬币花"，以前，他总是把这些钩"硬币花"的活儿分给附近郊区的农妇，这样不仅保证了工厂编制的精简，还使得那些郊区农妇在农闲时有一点额外的收入。钩"硬币花"并不太难，半天就可以学会，手头快的农妇，一天就可以钩出 200 多朵。他会为每朵"硬币花"支付一毛钱，对她们来说，这也算一笔可观的收入了。

他把这想法跟女人说了，女人当然很高兴。——生活再一次看到了希望，她的女儿，还可以继续读书。从此每个月的固定一天，女人都会来到他的工厂，送来钩好的"硬币花"，领走下个月需用的毛线，然后将她的收入一五一十地结算清楚。那天他会准时坐在办公室里和女人一起数着一朵一朵的"硬币花"，那些五颜六色的小花在他的办公桌上开放，他似乎闻到它们的芬芳。

女人钩花的速度越来越快，加上起早贪黑，每个月，她都会有一笔可以勉强将生活维持下去的收入。用这些钱，她的女儿读完了初中和高中，考上了理想的大学。因为女儿，因为"硬币花"，女人虽然很累，却很开心。

第二年，男人不再需要附近郊区的农妇们为他加工"硬币花"。他说现在这种毛衣出口量减少了，"硬币花"用量不大，女人一个人来钩就已经足够。他的做法当然招来一些风言风语，有些话，甚至说得很刻薄、很难听。可是他不管，每个月的那一天里，他照例都会等在办公室，和女人一起趴在桌子上数着一朵一朵绚烂的"硬币花"。

后来，他把每朵"硬币花"的手工费涨到了两毛钱。女人说一毛钱就挺好了。他说不，现在全国都是两毛钱的价格，怎好还让你拿那么低的价钱？看男人决定了，女人再没有推辞。其实女人那时真的需要更多的钱。女儿读大学了，生活压力变得更大。每个"硬币花"从一毛钱变成两毛钱，这等于说，女人每个月的收入会增加一倍。女人想，等她学贸易的女儿大学毕业，一切都会变得好起来。到那时，她和女儿，一定要好好谢谢男人。

女人每天钩着五颜六色的"硬币花"，一晃就是十年。

那天女人最后一次去男人的工厂。当然是和她大学毕业的女儿去的。她说感谢你这么多年给予我的帮助。如果没有你和你的"硬币花"，我和小玲，可能熬不到现在。现在我要和女儿去另外一个城市——她在那里，有一份很好的工作。男人说你不用感谢我，其实我也没帮上什么忙。钱是你自己挣的，又不是我的施舍。那天他们坐在一个小饭馆吃了一顿饭，那也是男人最后一次见到女人。

几年以后，男人的工厂突然遭遇到前所未有的困境。成衣开始积压，资金周转困难。由于没钱购买生产所需的布料，他的工厂几乎处于半停产状态。面对眼前的窘迫，男人一筹莫展。甚至，男人想，他和他的工厂，可能熬不过这道难关。

可是突然之间，一切峰回路转。

那天工厂里来了一位年轻人，他自称是某个公司的业务员，要在几天之内采购到大量的"硬币花"。他说他跑了很多服装厂，可是都没有找到他所需要的"硬币花"。如果贵工厂有现货的话，他们公司愿意出很高的价钱购买。

男人说，有。

男人带他去仓库，然后打开角落里一个巨大的木柜。木柜里塞满了很多叠放整齐的布包，男人取出其中一个布包，打开，布包里，竟然全是五颜六色的"硬币花"！

年轻人随手捏起几个，捧在手里细细地看。他说很好，这些"硬币花"我们公司全要了……总共有多少朵？

男人说，100多万朵。

年轻人问怎么会有这么多的库存量？

男人笑一笑说，十几年前，工厂需要很多这样的"硬币花"，可是后来，我们不再出口那几款需要"硬币花"的毛衣，这"硬币花"就积压下来了……这是一位女人十年的劳动，每天钩300朵，钩了整整十年……

男人知道，他和工厂的难关要过去了。他会用卖掉这些"硬币花"的钱购买急需的布料，重新组织生产。如果一切顺利，他相信自己的工厂马上就会好起来。

这些看似没有生命的"硬币花"，不但帮助女人渡过了难关，更帮助了男人自己。似乎现在，这些五颜六色的"硬币花"真的竞相开放。它们姹紫嫣红，散着迷人的芳香。它们为男人，带来了好运。

故事到这里，其实才刚刚开始。

……年轻人伏在桌子上，为这笔货款，签下很大一张支票。男人接过支票，感激地问他，能问一下您老板的名字吗？

她叫小玲。年轻人说，她说她的母亲，曾经在十年时间里，为您的工厂，栽下100多万朵"硬币花"。

母亲的鞋子

早想给母亲买一双鞋子。什么鞋子都行。母亲为我们，走了那么多的路。

记得小时候，家里人的鞋子，都是母亲买的或亲手做的。夏天里，我穿着硬硬的劣质塑料凉鞋在街上疯跑，母亲总会在凉鞋的脚踝处垫一小块软软的布，这样，我的脚踝便不会像小伙伴们那样鲜血淋漓；冬天，父亲的棉鞋是村里最厚实的。父亲穿着母亲刚刚絮了新棉的棉鞋，在村里的雪地上招摇，引来一片羡慕的目光。回了家，父亲脱下棉鞋，两脚冒着腾腾的热气，一股温暖亲切的脚臭立刻充满了整间屋子。

还记得母亲给我纳过的布鞋。那鞋针眼紧密，结实耐用。我曾穿着这种被称为"千层底儿"的布鞋，连续三年在学校的运动会上拿了百米冠军。奖状被母亲贴在墙上，直到发黄变脆，字迹模糊。母亲试图留住我的辉煌岁月，却留不住自己的青春。现在母亲年迈了，年迈的母亲，有好几年，没有为我们做过鞋。

可是这么多年来，母亲穿着什么样的鞋子呢？我回忆过，却总也想不起来。我知道母亲也穿鞋子，她不可能光着脚板。可是母亲这么多年来，到底穿着什么样的鞋子呢？

于是想给母亲买一双鞋子。什么鞋子都行。

我选中的是一双极其普通的布鞋。褐色的鞋面，灰色的鞋底，过分朴实的款式甚至有些人为的做作。我把鞋子拿在手中揉捏，似揉捏着母亲辛劳一生的脚。其实我从来没有揉捏过母亲的脚，我对母亲的爱，更多的时候，仅仅表现在提过去的几斤鱼肉，替她扫扫住了一辈子的农家小院，或者对她做得不太可口的饭菜，发出几声夸张和虚伪的赞叹。付钱的时候，我忽然发现自己忽略了一个问题：我的母亲，到底穿多大码的鞋呢？

我没有给母亲打电话——我怕她伤心——尽管我知道母亲肯定不会计较。最终我把电话打给了父亲，父亲愣了愣，他说，是啊，你妈穿多大尺码呢？

父亲深爱着母亲，这不用怀疑。那是一种相濡以沫的依恋，远超过伟大的概念。可是，这么多年来，当我和哥哥的脚在不停地蓬勃生长，当父亲挑剔的两脚不断伸进母亲新做的简陋却温暖的鞋子，我们竟然谁也不知道，我们的母亲，父亲的妻子，她到底穿多大尺码的鞋子？

也许，我们把爱宏观化了，呈现一种大而空的姿态；而母亲对我们的爱，却渗透到生活中的每一个细节。那种爱，无处不在。

最终还是放弃了。我把那双鞋子放回货架。我想，当我下一次回老家，也许，我会装作不经意间问起母亲鞋子的尺码，我不想拿一双不合脚的鞋子送给母亲。记忆中，哪怕是那些最艰苦的日子，家里人也没有穿过不合脚的鞋子。现在生活好了，她的儿子，又怎能把一双不合脚的鞋子，送给他的母亲呢？

回了家，进城的老家亲戚已经候在客厅。他说，你妈要我捎给你的东西。打开，除了些时令蔬菜，还有两双线织拖鞋。

那是母亲亲手做的拖鞋，鞋面是用钩针一针针织成，似母亲脸上密织的皱纹。两双手织拖鞋，对现在的母亲来说，是怎样一项庞大的工程啊！

这两双拖鞋让我羞愧，也让我兴奋。我想，我的母亲并没有老迈，她依然年轻，因为她依然可以给她的儿子做鞋。可能，在她的意识中，她应该也必须年轻。因为她总是认为，我们还是小孩子，需要她的照顾。

可是母亲，她自己，到底穿多大尺码的鞋子呢？

诊

流感说来就来了。好像，城市里每个人都在流鼻涕。这让他的诊所里，总是挤满了人。

诊所不大，靠墙放着两个并排的长凳，人们挤坐在那里，有秩序地，一个挨一个地，等着他开出药方，或在头顶挂一个吊瓶。这场面让他稍感欣慰。他不喜欢有人插队，正如他不喜欢有人生病。

有时他认为自己好像选错了职业。比如现在，他已经忙了一个上午，面前依然晃动着没完没了的病人，这样他就有些烦躁。后来他更烦躁了，因为他看到一个没有排队的女人，身子有些佝偻、头发已经花白的女人。女人紧抱着打成筒的被子，踉跄着慌张的脚步，直接挤到他的面前。他看到女人在皱纹间顽强地挣扎出一双浑浊的眼，吸盘般吸附着他的脸。女人说，看病，感冒了。声音沙哑。

他皱了皱眉，用手指着长凳上候着的那些人，说，都看病，都感冒了。

女人说，我给您钱。

他的眉毛马上打成结，他说都给钱，这里没有赊账和赖账的。

女人并不理会他的话，她把沾满灰垢的干枯的手伸进自己的胸脯，摸啊摸啊，终于摸出一张皱巴巴的纸币。女人说，孩子感冒了，很严重，您快给他看看。女人轻轻拍打着怀里的被筒，露着焦急和紧张的表情。

女人递过来的，是一张破旧的两毛钱。他认为这张钱的年龄，应该不会比女人小多少。

女人小心翼翼地揭开包得紧紧的被筒一角，他歪着头，向里面看了一眼。只一眼，他便愣住了。他突然记起有人曾给他讲过的一个故事，他想，也许面前的老女人，就是故事里的主角。

您不要理她。坐在凳子上的一个男人说，我认识她，这附近所有的国营医院和个体门诊，没一个理她的。

他摆摆手，示意男人不要说下去。他轻轻问女人，孩子病得很重吗？

是的，很重。女人说，您快给他看看，他们都不给他看……他很可怜，他整夜咳嗽。

还有呢？他问，他把听诊器小心地塞进被筒。

不吃饭，有时候发高烧……夜里总是哭呢！女人说。

还有呢？他继续问。

就是咳嗽，发高烧，不吃饭，夜里总是哭。女人重复着。

哦，知道了。他抽出听诊器，是感冒，没什么大问题，开些药吧？

不行呢。女人说，他怕苦，他会吐药的。

那打个吊瓶？他说。

不行不行！女人慌忙说，他很怕疼的。

您别理她！坐在凳子上的男人又说话了，还有这么多人等着呢！

您闭嘴！他冲着男人吼。他不知道自己为什么突然变得很激动，您闭嘴行不行？让您等一会儿不行吗？！

男人撇撇嘴，不说话了。

那给他打一针吧。他朝女人笑笑，马上就好，不会疼的。他站起来，把椅子让给女人。他从药架上取下两瓶针剂，仔细看了看标签，摇匀，将封口割开，然后把药液抽进一个小的针管。您抱着他，别让他动，打一针很快的。他一边说着，一边小心地揭开被筒，缓缓将一管药液推进去。不疼的不疼的，他轻哄着。

现在好了。您摸摸看，是不是不烧了？过一会儿，他对女人说。

好像是呢。女人的表情终于平静下来，嘴角有了些笑。

回去的时候，把被子包严实点，别让他受凉。他叮嘱着女人。

那谢谢您了……不过明天我还想来，您再给他做一次复诊，行吗？女人说。

当然行。他收下女人推过来的两毛钱。

以后呢？女人说，我想每个月都来给他看看……他总是有病，夜里咳嗽……

绝对没问题的。他笑着，您什么时候来都行。

女人终于走了，心满意足，脚步也变得轻盈。走到门口的时候，女人回过头来朝他笑笑，笑得他心酸。

他开始给下一位病人开药，挂吊针，他心里想着那个故事：……单身的母亲和十七岁的儿子……儿子辍学打工……摔下脚手架，死去……母亲疯了，每天抱一个被筒，到处找人给儿子看病……她总说，儿子刚满两岁……没有人理她……一个也没有……没有……

他想，被子里包的那个干瘪的、脏兮兮的枕头，应该是她儿子枕过的吧。

他流下一滴眼泪。

他想，不管如何，也得把这个诊所开下去。他答应过女人的。哪怕，他仅剩下女人一个病人。

自 尊

那是一段令他刻骨铭心的日子。

他失去工作，弹尽粮绝。他认为城市里，纵是一条狗也比他活得幸福。因为狗可以乞讨，他不能。因为狗没有尊严，他有。

他开始捡垃圾。纸箱、啤酒瓶、香烟盒、食品包装袋……所有能够换成钱的东西。在夜里，当他将头深深探进臭气熏天的垃圾箱，他泪流满面。只能在夜里，他不敢将自己暴露在别人的视线之中。

他没有走太远。他不想让捡垃圾成为他的职业。只要熬过这段最艰难的日子，他还是那个骄傲的年轻人。他的领带会打起漂亮的结，他的西装口袋里会插着洁净的手绢，他的皮鞋，一尘不染。

只有六个垃圾箱。六个垃圾箱在他租住的小区里一字排开，夜里，他像一条落魄的狗。

每天都有收获。其中一个垃圾箱，更是一个富饶的宝藏。那里面有成箱的空易拉罐、成捆的旧杂志、坏掉的铝盆铁锅、奇形怪状的玻璃瓶……每天晚上，这些东西会在垃圾箱里静静地等着他，然后，待第二天，它们就会变成馒头和咸菜，让他有力气在这个城市里继续奔走。

后来他发现一个问题。似乎，这些东西是有人故意放在那里的。它们总是在一个固定的时间出现，它们摆放整齐，就像夜市上精心摆置的小摊。夜里他偷偷观察，果然见到一个男人将一包"垃圾"规规矩矩地放好，然后躲到远处，静静等待。

他知道男人在等他。

他感激那个男人，可是他有被伤害的感觉。强烈的自尊心让他想放弃那些东西，强烈的饥饿感又让他一次次将那些东西捡回来，然后变成馒头、咸菜……他暗想，假如他将来发达了，一定要回来好好感谢这个男人。他会成百成千倍地偿还，他相信他完全可以做到。

后来他真的发达了，资产足以买下一条街。他想到了报恩。

他回到当初租住的小区。他见到了男人。

他知道，现在的男人，生活得并不容易。

似乎那个家至少二十年没有装修，地板翘起了角，水龙头滴滴答答地滴着水。老式的家用电器，老式的厨房用具，老式的沙发和桌椅，男人似乎仍然生活在十几年以前。不必自我介绍，男人一眼将他认出，简单聊了几句，便聊到了从前。

他说，我知道那些东西是您故意放进垃圾箱的。我知道当初，您在顾及我的自尊。

是的，我在顾及你的自尊。男人说，那时我生活得尚好，可以送你一点多余的东西。我知道它们虽不值钱，但也许可以帮你撑过那段日子。

您的确帮我撑过了那段日子。他说，如果没有您的暗中相助，我也许早就回到了乡下。那么现在，我就不再是一个企业家，而是一个乡下的羊倌……

我在报纸上见过你，男人说，我知道你现在很有钱。

他笑笑，说，这些年，我过得并不容易。您知道，白手起家，这有多难……

你不是白手起家。男人说，我知道那个花瓶即使在当时，也最少值十万。

花瓶？

是啊。男人说，你离开的前一天，我在给你收拾废品的时候，将那个花瓶也装进塑料袋，放进垃圾箱。那时我并不知道一个花瓶能值那么多钱，否则我也不会把它当成废品……

可是我没有捡到花瓶……

你捡到了。男人说，我亲眼见你捡起那个塑料袋……后来我才知道那是元朝的花瓶，值很多钱……你肯定也知道……那么独特的花瓶，你不会当它是一件废品……

可是我真的没有捡到花瓶。他说，如果捡到了，如果我知道它很值钱，我会还给您的……

你不会。

我会。

那你为什么第二天就搬走？

因为我找到了工作……我要住集体宿舍。

那你怎么会发达了？

两年以后我与朋友合伙，赚了点钱。然后我开始单飞，资产就像滚雪球，越滚越大……

是因为你卖了花瓶，才有了本钱……

根本没有花瓶……

谁信？你白手起家，这么短的时间就腰缠万贯，谁信？你卖掉了那个元朝的花瓶……

他盯着男人，突然产生出一种厌恶并且愤怒的感觉。很显然男人记错了。他记得很清楚，那天，男人放进垃圾箱里的那个塑料袋里，根本没有花瓶。他绝不会漏掉。那段时间，每一天，他都将那个臭烘烘的垃圾箱翻个底朝天。

真的没有花瓶。他说，我没捡到你的花瓶。

你不必害怕，我不会跟你要的。再说花瓶早被你卖掉了，还怎么要？男人说，可是你不承认，就不对了。你知道吗？现在我生活得很落魄……前几年下岗，做生意，赔光了家底，贷款，又一次赔光……老婆也跑了……近来我常常想，假如那一天，我没有把那个花瓶送给你，我现在，该是另外一种生活吧？最起码，衣食无忧……

他低下头，不再说话。他在那里安静地坐了一会儿，起身离开。本来他带了很大一笔钱，这笔钱，也许远远超过那个花瓶的价值——如果男人真的有那样一个花瓶的话，然而最终，他没有拿出那笔钱。

他认为没有必要。他不想将那笔钱送给男人。

他告辞，离开。走到门口，他扭头，认真地对男人说，你的确伤害了我的自尊。却不是以前，而是现在。

父亲的秘密

　　假期里，父亲和他八岁的儿子，去森林里游玩。他们往密林深处不停地走，不知不觉迷了路。四周的古树遮天蔽日，像一只巨大的笼子将他们困在中间。父亲背起疲惫的儿子，试图走出去。可是他无奈地发现，自己能够做的，只是每隔一段时间，重新回到原地。

　　那里有一个废弃的木屋。木屋里也许住过守林员，也许住过伐木工人，现在它空着，破烂不堪，仿佛随时可能倒塌。可它毕竟是一间屋子，这能够为父子俩增加一些安全感。晚上他们挤在里面，生起一堆火。外面传来野兽的叫声，似乎距他们很遥远，又似乎近在咫尺。儿子呜呜地哭起来，他说我们会不会死在这里。父亲用力拍拍他的肩膀。父亲说不怕，我们会走出去的。

　　可是第二天，他们仍然围着木屋不停地画着圈子。让父亲稍感欣慰的是，木屋外面有一口水井，水井里面有干净的水。他小心地踩着井沿的缝隙下去，用随身携带的军用水壶，打上一壶水。可是他们已经没有任何可吃的东西，恐惧的乌云笼罩了他们。

第三天，父亲放弃了那种徒劳的尝试。他对儿子说，这里有木屋，有水井，就很有可能是一些路过者的临时驿站。我们只要等在这里，就肯定会遇到人……你留在这里等我回来，我到附近找些吃的。儿子问附近有什么吃的？父亲就笑了，他说森林里还能饿死人吗？你难道忘了野生蘑菇很有营养吗？他为儿子打上一壶水，然后一个人离开木屋。他一边走一边回头对他的儿子说，守着屋子，千万不要乱走……等我回来，我们一起吃晚饭。

父亲并没有马上去寻找蘑菇。他把衣服撕成布条，系在木屋周围的树干上。系完，仔细检查一番，调整了几个布条的位置。他想这样如果有人经过，就会发现这些布条，再发现小屋，再发现小屋里的他们，并将他们带出森林。他想这可能是他们唯一的机会，他不敢有丝毫马虎。

那天父亲很晚才回来，他拣回了一小把蘑菇。虽然仍然走不出去，虽然仍然没人发现他们，可是有了蘑菇，他们就有了活下去的希望。儿子问这蘑菇不会有毒吧？父亲说不会……在走出去之前，我们天天喝鲜蘑菇汤。儿子问这附近蘑菇多吗？父亲说不多，也不少。儿子说明天我也去拣。父亲说不行，你得守在这里，万一有人经过怎么办？我们的目的是走出森林，不是在这里吃蘑菇宴。父亲朝儿子做一个鬼脸，儿子发现父亲的脸，有些浮肿。

父亲一连出去拣了三天蘑菇。他出去的时间一天比一天长，拣回的蘑菇却一天比一天少。每一次回来，他都是筋疲力尽，脸色蜡黄，完全是大病初愈的样子。儿子问您怎么了？父亲说没事，有些累。儿子害怕地哭起来，他说爸爸，我们是不是真的走不出去了？父亲说不会的，只要我们坚持住，就会有人发现我们……你别动，我再去打一壶水来。

第二天果真有人经过。是一位猎人。是父亲的布条把他引到了小屋。猎人把他们带出森林，他们再一次回到了城市。那以后，每次谈起这次经历，父子俩仍然心有余悸。

家里的饭桌上，从此没有蘑菇。甚至，儿子说，哪怕在菜市场见到了蘑菇，他都想吐。

可是时间会改变一切。十几年过去，有一天，儿子回家时，竟提回一小袋蘑菇。他告诉父亲，这是真正的野生蘑菇，是近郊的农民在大山里采的，刚才在街边叫卖，他看看不错，就买来一袋。十多年没吃蘑菇了吧？儿子对父亲说，我想您可能都忘记蘑菇是什么味了。

父亲笑笑，没说话。他似乎对蘑菇并不反感。

父亲把蘑菇倒在水池里仔细清洗。突然他低下头，从那些蘑菇里挑出两个，扔进旁边的垃圾桶。儿子问爸您干什么？父亲说，这两个蘑菇，有毒。

有毒？儿子怔一下，您怎么知道？

父亲狡黠地笑了。他说，还记得十几年前我们的那次历险吗？那三天的时间里，我可能，尝遍了世界上所有的蘑菇……你当然不会知道，这是我的秘密。

那一扇门

涉世不深的少年，做过一些错事。现在他知道错了，他后悔，他想改，可是他挽回不了自己的声誉和尊严。他的出现总会引来一些异样的目光，邻居们防他，就像防一只带着传染病的老鼠或狗。

少年并不记恨他们。他认为这是对他的惩罚。他只剩下无奈和自卑。似乎世界在他面前关起一扇门，又加上无数把锁。少年站在那扇门前，看不到温暖灿烂的阳光。

少年只有十六岁。之前他干过的那些事情多么糊涂和愚蠢。他偷过郊区的苹果，偷过城市的盆花，偷过同学的铅笔和饼干，偷过邻居的茶杯和腊肉。甚至，他偷过大街上的自行车。他被一次次带进派出所又被一次次放出来，然后，突然某一天，他意识到自己长大了，意识到自己错了，意识到自己应该悬崖勒马痛改前非。可是同时，他也意识到自己没有朋友，意识到邻居们对他的鄙视和不齿，意识到那扇关紧的门。

少年心灰意冷，孤独苦闷。

整整一个暑假，每天上午，他把自己关在家中，透过窗子看外面的树。然后，到下午时，悄悄去小区转一圈，吸两口清新空气，看两眼空中的飞鸟。——他还是一位少年，他忍受不了寂寞。

人们见了他，扭过头视而不见，或者远远地看着，目光寒冷，充满敌意。少年更不敢上前，不敢与他们对视。——他失去了与任何人交流的勇气。他垂着头慢慢地走，脚尖轻踢着一粒石头。那时没有阳光，少年却感觉到后背的灼热。

忽然有人喊他。是一位坐在凉亭里的老人。老人朝他招手，喂！年轻人！

他抬头，愣住，不敢相信眼睛和耳朵。您是在喊我吗？他指指自己。

过来！年轻人！老人说。

他走过去，胆战心惊。他想逃离，可是却说服不了自己的脚步。老人含一根没有点燃的香烟，摸着口袋，问他，有火柴吗？

他说，没有。

打火机呢？

也没有。说完，急急地低了头，试图离开。

别急走。老人再一次喊住他，去帮我取来打火机吧！我的家，你知道的。

他当然知道。老人与他同住一个单元，他住七楼，老人住一楼。虽然这里看不到老人的家，可是只需几分钟，他就可以跨进老人的屋子。

我的腿脚不中用。老人笑呵呵地说，打火机放在茶几上，麻烦你帮我取来。

少年心中划过一道闪电。可是那闪电转瞬即逝。那毕竟不是阳光。

钥匙呢？他问。

门没有锁。老人说，我从来不锁门的……住咱们这个小区，根本不必锁门。

少年心中又是一道闪电。虽然再一次转瞬即逝，可是少年却感觉，那闪电已经将乌云撕开一条小的缝隙，一缕阳光分明从云缝里钻了出来。

少年开始飞奔，途中流下眼泪。那扇看起来冷冰冰的防盗门果然没有上锁，伸手轻轻一推，便开了。茶几上放着果盘，放着零钱，放着钥匙和打火机。少年抓起打火机，反身跑出屋子。

老人点着了烟，郑重地对少年表示感谢。然后，他对少年说，如果你有时间，如果你愿意，不妨陪我下一盘象棋。

少年当然愿意。他坐下来，聚精会神地和老人下起了象棋。下棋的时间里，太阳偷偷从云隙里钻了出来，他们一起抬头看天，然后相对而笑。

少年知道，面前的那一扇门，终于被彻底打开。

让人不可思议的是，少年后来成为一名警察。老人的身体仍然很好，闲时，他们仍然会凑到一起下象棋。少年多次跟老人谈起那件事情，他说是您救了我，是这扇门救了我。当我推开这扇门，充满阳光的世界再一次将我接纳。

老人只笑不语。

少年说那天你故意不锁门，那天，你口袋里，其实装着打火机。

老人说我忘记了。我真的忘记了。或许真如你说，那天的一切都是我故意的；或许那几年里，我出门真的从不锁门，也真的忘记揣一只打火机；或许，那一天其实什么也没有发生，一切不过是你的一个美好梦境。不过我认为，这一切都无关紧要。重要的是，是你亲手推开了这扇门，而不是别人。记住，世上只有两种人可以推开所有的门，一种是心中没有阳光的窃贼，一种是心中盈满阳光的君子。就看你，喜欢用哪一种方式，又会选择哪一种方式……

春光美

　　街路划一条漂亮的弧线，探进公园深处。公园绿意盈盈，却有桃红粉红轻轻将绿意打破。柳絮开得模糊，阳光里飘起，落满松软的一地。鸽子们悠闲地散步，孩子们快乐地玩耍，空气里弥漫着花香，沁人心脾。春天属于山野，属于城市，属于公园，属于公园里，每一朵勇敢开放的丑丑的小花。

　　春色惹人醉。

　　可是女孩的棍子畏畏缩缩，慌乱并且毫无章法。灾难突然间来临，令她猝不及防。现在几个月过去，她仍然不习惯手里的棍子，不习惯战战兢兢地走路，不习惯眼前永远的黑暗。女孩面无表情，棍子戳戳点点。于是，那棍子，碰到了毫无防备的老人。

　　老人发出极其轻微的"嘘"的一声。

　　对不起。女孩急忙停下来，对不起……戳痛你了吧……真的对不起，我是一个盲人……

　　没关系的。老人轻轻地笑，你不用解释……我知道，你只是有些不便。

只是有些不便？女孩的神情霎时黯淡下来，可是我看不见了，永远看不见了……就像现在，每个人都可以在这里欣赏春色，我却不能……

可是孩子，老人说，难道春天只是为了给人看吗？难道春天里的一花一草，只是为给人欣赏而存在吗？

难道不是吗？

当然不是。老人说，比如我面前就有一朵花……这朵花很小，淡蓝色，五个花瓣……也许它本该六个花瓣吧？那一个，可能被蚂蚁们吃掉了……花瓣接近透明，里面是鹅黄色的花蕊……我可以看得见这朵花，然而你看不到。可是这朵花因为你没有看见它而开得松懈吗？或者，就算我今天没有坐在这里，就算我今天也没有看到它，就算整个春天都没有人看到它，它会因此而开得松懈吗？

……

还有无数山野里的花花草草，有多少人会注意它？或许它的一生，都不会被发现，被关注，被赞美，可是，它们为此而懈怠过吗？还有那些有残缺的花儿，比如被虫儿吃掉花瓣，啃了骨朵，比如被风雨所折断，被石块所挤压，比如我眼前的这一朵，它们可曾因为它们的残缺和大自然给予它们的不公就拒绝去开放呢？

……

春天或许是花儿最美的季节，却绝不是唯一的季节。你该知道，当秋天来临，所有开过的花儿，都会结成种子。就像我眼前的这朵小花，它也会结出它的种子……这与它的卑小无关……更与它的残缺无关……它是一朵勇敢的花儿，勇敢的花儿都是快乐和幸福的。你认为呢？

……

你在听吗？孩子。

是的奶奶，我在听。

花儿就像你，你就是花儿……为什么闷闷不乐呢？为什么要放弃开放的机会呢？为什么要放弃整个春天呢？

我没有放弃春天……可是我看不到春天……

你还可以去触摸，孩子……你可以触摸花草，触摸鸽子，触摸土地和水，阳光与柳絮……其实盲人也是可以看到这世界的，却不是用眼睛，而是用心，用感觉，甚至，用爱……

您是说，用爱吗？

你认为呢？你该知道，在这世上，除了你，还有你的父母，你的亲人，爱你和关心你的人……如果你连春天都不再去爱，那么，你怎么去爱他们？我知道你看不见春天，可是你的心里，难道不能拥有一个温暖而美好的春天吗？只要你还相信春天，那么对你来说，这世上就还有春天。只要你是快乐的，那么，你的亲人也是快乐的。只要他们是快乐的，那么，你也就快乐了。我说得对吗？孩子。

……可是我不知道这里的春天是什么样子的。奶奶，你愿意把你看到的告诉我吗？

当然可以，孩子，我很乐意……你的面前有一朵花儿，蓝色的花儿，五个花瓣……你的旁边有一棵树，树长出嫩绿色的叶子，那些叶子很小，漂亮的心形……再旁边有一个草坪，碧绿的草坪，有人在浇灌它们……再往前，是一条卵石甬道，鸽子们飞过来了，轻轻啄着人们的手心……柳絮落下来了，就像一条一条调皮的毛毛虫……

女孩听得很是痴迷。她的表情随着老人的讲述而变化，然每一种变化，都是天真和幸福的。似乎，女孩真的看到了整个春天。

女孩是笑着离开的。她的棍子在甬路上敲打出清脆的声音。她步履轻松。她像春的精灵。

……然后，老人轻轻拍拍她身边的导盲犬。她说虎子，我们该回家了。她戴着很大的墨镜。她悄无声息地走向春的深处。

春光美，春色惹人醉。有时三点两点雨，到处十枝五枝花。

嗨，迈克！

迈克得了一种罕见的病。他的脖子僵直，身体僵硬，肌肉一点一点地萎缩。他的病情越来越重，最后完全失去了自理能力。他只能坐在轮椅上，保持一种固定且怪异的姿势。他只有十四岁，十四岁的迈克认为自己迎来了老年。不仅因为他僵硬不便的身体，还因为，他的玩伴们，突然对他失去了兴趣。

母亲常常推着迈克，走出屋子。他们来到门口，来到阳光下，背对着一面墙。那墙上爬着稀疏的藤，常常有一只壁虎在藤间快速或缓慢地穿爬。以前迈克常盯着那面墙和那只壁虎，他站在那里笑，手里握一根棒球棒。那时的迈克，健壮得像一头牛犊。可是现在，他只能坐在轮椅上，任母亲推着，穿过院子，来到门前，靠着那面墙，无聊且悲伤地看面前三三两两的行人。现在他看不到那面墙，僵硬的身体让那面墙总是伫立在他身后。

十四岁的迈克曾经疯狂地喜欢诗歌。可是现在，他想，他没有权利喜欢上任何东西——他是一位垂死的老人，是这世间的一个累赘。

可是那天黄昏，一切突然都发生了改变。

照例，母亲站在他的身后，扶着轮椅，捧一本书，给他读一个又一个故事。迈克静静地坐着，心中盈满悲伤。这时有一位美丽的女孩从他面前走过——那一刻，母亲停止了朗诵。迈克见过那女孩，她曾和自己就读同一所学校。只是打过照面，他们并不熟悉。迈克甚至不知道女孩的名字。可那女孩竟在他面前停下，看看他，看看身后的母亲。然后，他听到女孩清清脆脆地跟他打招呼："嗨，迈克！"

迈克愉快地笑了。他想，原来除了母亲，竟还有人记得他的名字，并且是这样一位可爱漂亮的女孩。

那天母亲给他读的是霍金。一位杰出的物理学家，一位身患卢伽雷氏症的强者。他的病情，远比迈克严重和可怕百倍。

那以后，每天，母亲都要推他来到门口，背对着那面墙，给他读故事或者诗歌。每天，都会有人在他面前停下，看看他，然后响亮清脆地跟他打招呼："嗨，迈克！"大多是熟人，偶尔，也有陌生人。迈克仍然不能动，仍然身体僵硬。可是他不再认为自己是一个累赘。因为有这么多人记得他，问候他。他想这世界并没有彻底将他忘却。他没有理由悲伤。

几年里，在母亲的帮助下，他读了很多书，写下很多诗。他用微弱的声音把诗读出，一旁的母亲帮他写下来。尽管身体不便，但他果真过得快乐且充实。后来他们搬了家，他和母亲永远告别了老宅和那面墙。再后来他的诗集得以出版——他的诗影响了很多人——他成了一位有名的诗人。再后来，母亲年纪大了，在一个黄昏，静静离他而去。

很多年后的某一天，他突然想给母亲写一首诗，想给那老宅和那面墙写一首诗。于是，在别人的帮助下，他回到了老宅的门口。

那面墙还在。不同的是，现在那上面，爬满密密麻麻的青藤。

有人轻轻拨开那些藤，他看到，那墙上，留着几个用红色油漆写下的很大的字。那些字已经有些模糊，可他还是能够辨认出来，那是母亲的手迹：

嗨！迈克！

请收回你的目光

在小区的垃圾箱旁，我遇见了住在楼下的老太太。

老太太孤身一人，每天在固定的时间出门散步。那天她在我前面慢慢地走，突然趋身靠近那个垃圾箱。她站在垃圾箱旁看了看，然后寻到一根棍子，目标明确地在垃圾箱里翻找。

她可能是在垃圾箱里发现了什么有用的东西吧？我想。

我和老太太很熟，偶尔在楼道里遇见，总会聊上一两句。老太太在翻找什么呢？儿女们每个周末都来看她，她的日子应该过得并不窘迫。

和大多数人一样，我也对一些事物怀有强烈的好奇心。仅仅是好奇，并没有什么恶意。比如那时，我就想走过去，装作不经意间，看一看她到底在翻找什么。

可是最终我还是忍住了。我从她身边走过去，目不斜视。我不知道她有没有看见我。我希望没有。

我有好奇心，甚至有偷窥欲，这本身没什么错误。但是，我不想让她难堪。毕竟一位体面的老太太，趴在垃圾箱边翻拣东西，并不是一件很光彩的事。并且，她肯定不想被别人看见。

　　我见过太多好奇的目光。比如几天前，在街上见到一对母女。看穿着，她们应该属于被我们称为"盲流"的那个群体。女儿的手里拿着一个苹果，那显然是别人扔掉的，她正用衣襟擦去上面的污水。母亲用身体挡着她，试图不要引起路人的注意。可是很多路人还是停下来，用好奇的目光将她们包围。小女孩啃着苹果，目光怯怯的；母亲的眼睛里，盈满泪水。我相信那泪水不是因为生活的艰辛，而是因为路人的目光。尽管那些目光并无恶意，但无疑会令那位母亲深感羞愧和不安。那已不仅仅是难堪，那是对自尊心最残忍的伤害。

　　我可以假装没看见，从她们身边快速走过。可是，我带走不了那些路人好奇的目光。

　　我想，如果我们不能够帮助她们，那么至少，我们还可以收回自己的目光，从旁边，淡漠地走开。

Chapter

★

城市的灯火与他们无关

★

或许他们也曾经试图接近并且融入城市，却被城市无情地拒绝；
或许他们从来未曾想过接近并融入城市，他们对城市，
一开始，就怀有一种戒备、防范、拒绝和恐惧。
尽管他们生活在城市里，可是城市的灯火，与他们，没有丝毫关系。

城市的灯火与他们无关

那节车厢也许是世界上最拥挤的空间。座位上，过道上，甚至厕所里，满满的全都是人。人和人挤在一起，前胸贴着后背，呼吸与汗水混杂交融，难分彼此。是下午，窗外冰天雪地，车厢里却酷热难当。从郑州上了火车，我就被挤到靠近车门的位置，汗流浃背的身体迎接着硬挤进车厢的寒风，苦不堪言。

不断有人挤过来打水，泡茶或者泡面，盯住我看，面无表情。终被挤成一只脚站立，我低声骂一句，又说，这火车什么时候才能到徐州？

凭经验，到徐州站，车厢里就宽松了，运气好的话，还能混到一个座位。

这才注意蹲在门边的那位农民工。之所以确定他是农民工，是因为他卑微的表情以及靠在身旁的竖起的蛇皮口袋。那是农民工特有的表情和行李，一种身份的刻意暴露。

顺便问他一句，到哪里下车？他答烟台。我说和我一样，咱们还得一起熬上十几个小时……不过这么挤，说不定熬不到烟台咱俩就给挤死了。想不到他竟然说，我倒希望火车别到得太早。

别到得太早？我吃了一惊。

到得太早，我还得在车站待上半宿。他说，火车上虽然挤，总还暖和一些……车站就不一样……得坐明天最早一班汽车才能回家。

可是火车站附近有很多旅店啊。

不安全。

怎么会不安全？那里治安很好的。

这我知道。但我还是怕不安全。

如果你带了什么贵重的东西或者很多钱，可以托旅店代为保管。

这我知道。但我还是怕不安全。

表情和语气很是固执。我不知道他说的"不安全"到底指什么，是怕有人抢走他的钱，还是怕人身受到威胁？我在想，以他这样的打扮，也许连贼都不屑下手吧。那么，是他身上已经没有了住店的钱？在城市里白干了一年的农民工，并不少见。

他的手里，抓一个用废弃的塑料管粘成的坦克。他告诉我，那是他用工地上的废料给儿子做的玩具。不过粘得不结实，他晃晃手里的坦克说，得这么拿着，放包里的话，准得压碎！

列车到了徐州站，我与他都得到一个座位。一坐下他就闭上眼睛，头靠着座背，睡过去的样子。可是我知道他没有睡着，他的眼睛阖着，每隔一会儿，就睁开看一下周围。他的眼神充满警惕，似乎他对所有人都怀着戒备。

后来他开始静静地吃饼干，喝一杯没有开透的热水。我对他说，要不，把这个坦克卖给我吧？

我猜他肯定是没钱住店。"不安全"只是一个幌子，是农民工特有的维系自尊的一种方式。卖给我吧！我说，我出一百块钱。

你买这个干什么？他有些奇怪。

当成工艺品。我说，你手艺很好的……肯不肯卖？

肯定不卖。

一百五怎么样？

多少钱都不能卖。他说，这是我给儿子做的，怎么能卖呢？

但是你可以再给他做一个啊，或者，去商场为他买一个别的坦克车，一百五，肯定够了。

他看着我的脸，研究我的表情。他肯定猜出了我的用意。他说谢谢，不过这个坦克车，我不会卖的。

他端了水杯去打热水，邻座上一位男人冲我笑笑，小声说，这个人不识抬举啊。

他回来，重新坐到我的对面，慢慢喝着水，眼神仍然是警惕的。那眼神拒人千里之外——也许，他真的感到这个世界不安全。

你完全可以去找一个旅店。我劝他，在车站待上半宿，会把你冻成冰棍。

他笑笑说，没关系，习惯了。

或者，你跟我走。我继续说，我认识一家旅店的老板……

真的不用。他摆摆手，似乎有些不耐烦了，再说我还想随便逛逛……

逛逛？

随便逛逛。

可是到烟台的时候，应该是夜里三点多钟吧……你到大街上逛逛？还要背着你的行李？

也许会吧。就在车站附近走走……反正那时天也快亮了……我爱人一直想让我给她讲讲城市的夜景……

可是你一直在城里打工啊！

可是我晚上从不出去。

工作很累吗？

主要是怕不安全。

又是不安全。我不知道城市为什么会给男人留下"不安全"的印象，难道有人伤害过他吗？或许在他看来，所有家以外的地方，都不安全吧？

可是今夜，我想，他注定在一个"不安全"的地方熬过一夜。也许他真会在车站附近转一转，看两眼城市的灯火，然后回家讲给自己的妻子听；也许他只会缩到一个角落，睁着眼睛熬到天亮，然后为他的妻子，描述虚构出来的城市夜景。

我注意到他把饼干包装袋和被人们丢弃的矿泉水瓶装进一个塑料袋里。我知道这些东西可以换来一点点钱。我想也许他会把这些东西带回家。为什么不呢？这样的男人，干出什么事情，都不会让人感到奇怪。

他闭起眼睛睡觉，仍然每隔一会儿，就睁开眼睛看一下周围，又把手里的玩具坦克握得更紧。倦意阵阵袭来，我迷迷糊糊地睡去。再一次醒来时，列车已经抵达烟台站。

他扛着行李，拿着坦克，并不忘带上那个装着几个矿泉水瓶的塑料袋。出站后，我跟在他的后面慢慢地走。我诧异地发现他走向一个垃圾桶，将手里的塑料袋认真地放了进去——他绝不是丢进去的，他的确是小心翼翼地放进去——动作和姿势，甚至有些恭敬。我猜他要把这几个矿泉水瓶送给早起的拾荒者，尽管他们注定不会谋面。

他发现我在看他。他盯住我，目光中含着拒绝。他拒绝我对他的留意，就像他拒绝旅店，拒绝帮助，拒绝城市，拒绝城市的人群。也许回家以后，他会再一次来到城市，也许，他会永远留在他有家的村子，不再出来。

我知道像他这样的农民工，城市里到处都是。或许他们也曾经试图接近并且融入城市，却被城市无情地拒绝；或许他们从来未曾想过接近并融入城市，他们对城市，一开始，就怀有一种戒备、防范、拒绝和恐惧。尽管他们生活在城市里，可是城市的灯火，与他们，没有丝毫关系。

他们只是过客，城市的灯火注定与他们无关。其实，最开始，是我们这样说的。我们这样说，说多了，他们就信了。

朋　友

　　是朋友，才敢放心把钱借给他。想不到，那钱，却迟迟不见还。借条有两张，一张五千，一张两千，已经在他这儿，存放了两三年。

　　如果他的日子好过些，或者只要还能马马虎虎过得下去，他想他仍然不会主动去要求朋友还钱。可是他失业已近一年，一年中他试着做了点小生意，又把最后的一点钱赔光，这日子过得就艰难无比。自己还好办，一个凉馒头两块咸菜再加一杯白开水就是一顿饭。可是看到妻子女儿也跟着他受苦，心里就很不是滋味。他想现在他应该向他开口了。七千块钱虽然不多，但应该可以让自己、让自己的家，渡过难关。

　　和朋友是在上中学的时候认识的，两个人同坐一张课桌，很聊得来。他们有着共同的爱好和理想，慢慢地变得形影不离。后来他们又考上同一所大学，读同一个专业，这份友谊就愈加深厚。毕业后他们一起来到这个陌生的小城打拼，两个人受尽了苦，却都生活得不太理想。似乎朋友比他要稍好一些，——虽然朋友只是一个小职员，可那毕竟是一家大公司，薪水并不低。

可是那次朋友找到了他，向他借钱。他猜最多也就两三百块钱罢了，甚至不必还他。可当朋友说出五千这个数字时，他简直不敢相信自己的耳朵。

他对朋友说，虽然这两年来，我只攒下了五千块钱，但我仍然可以全部借给你。不过，你得告诉我你借这五千块钱做什么。朋友说，有急用。

他问，有什么急用？朋友说，你别问行吗？最终，他还是把钱借给了朋友。他想既然朋友不想说，肯定有他的道理，那么不追问，对朋友也是一种尊重。朋友郑重地为他打一张借条，借条上写着，一年后还钱。

可是一年过去，朋友却没能把这五千块钱还上。朋友常常去找他聊天，告诉他自己的钱有些紧，暂时不能够还钱，请他谅解。他说不急不急。那时他真的不急。那时他还没有结婚。那时，他还能够领到一份工资。

可是突然有一天，朋友再次提出跟他借钱，仍然是五千块，仍然许诺一年以后还钱。于是他有些不高兴，他想难道朋友不知道"有借有还，再借不难"的道理？

他再次问朋友借钱做什么，朋友仍然没有告诉他。朋友只是说，有急用。

他说难道我们不是朋友吗？如果是朋友，你为什么不能告诉我？话虽这样说，他却仍然借给了朋友两千块钱，然后收好朋友为他打的借条。为什么借他？因为他相信那份珍贵的友谊。

往后的两个月里，朋友再也没来找过他。他有些纳闷，去找朋友，却不见了他的踪影。朋友的同事告诉他，朋友暂时辞了工作，回了老家。也许他还会回来，也许永远不会。

他想朋友这是什么意思呢？这是不是说明，朋友想顺便赖掉这七千块钱？后来他感觉自己对朋友的猜测实在有些恶毒。朋友是这样的人吗？凭他们交往了十几年，凭他们十几年建立起来的深厚友谊，凭他对朋友为人的认知，他想朋友肯定会在某一天回到这个城市，找到他，亲手还了借他的钱。

他等了两年，也没有等来他的朋友。现在他有些急了。——之所以急，更多的是因为他的窘迫与贫穷。他想就算他的朋友永远不想再回这个城市，可是难道他不能给自己写一封信吗？不写信给他，就是躲着他；躲着他，就是为了躲掉那七千块钱。这样想着，他不免有些伤心。难道十几年建立起来的这份友谊，在朋友看来，还不如这七千块钱？

好在他有朋友的老家地址。他揣着朋友为他打下的两张借条，坐了将近一天的汽车，去了朋友从小生活的村子。

他找到朋友的家，那是三间破败的草房。那天他只见到了朋友的父母。他没有对朋友的父母提钱的事。他只是向他们打听朋友的消息。

他走了。朋友的父亲说。

走了？他竟没有听明白。

从房顶上滑下来……村里的小学，下雨天房子漏雨，他爬上房顶盖油毡纸，脚下一滑……

他为什么要冒雨爬上房顶？

他心里急。他从小就急，办什么事都急，比如要帮村里盖小学校……

您是说他要帮村里盖小学校？

是的，已经盖起来了。听他自己说，他借了别人很多钱。可是那些钱仍然不够。这样，有一间房子上的瓦片，只好用了拆旧房拆下来的碎瓦。他也知道那些瓦片不行，可是他说很快就能够筹到钱，换掉那些瓦片……为这个小学校，他悄悄地准备了很多年，借了很多钱……他走得急，没有留下遗言……我不知道他到底欠了谁的钱，到底欠下多少钱……他向你借过钱吗？你是不是来讨债的？

他的眼泪，终于流下来。他不敢相信他的朋友突然离去，更不敢相信他的朋友原来一直在默默地为村子里建一所小学校。朋友分两次借走他七千块钱，原来只是想为自己的村子建一所小学校；之所以不肯告诉他，只是不想让他替自己着急。

你是他什么人？朋友的父亲问。

我是他的朋友。他说，我这次，只是来看看他，却想不到，他竟走了……还有，我借过他几千块钱，一直没有还。我想等回去，就想办法把钱凑齐然后寄过来，您买些好的瓦片，替他把那个房子上的旧瓦片换了。

朋友的父亲老泪纵横。他握着他的手说，能有你这样的朋友，他在地下，也会心安。

回去的汽车上，他掏出那两张借条，想撕掉，终又小心翼翼

地揣好。他要把这两张借条一直保存下去，为他善良的朋友，为他对朋友恶毒的猜测。

洗手间里的晚宴

　　女佣住在主人家附近，一爿破旧平房中的一间。她是单身母亲，独自带一个四岁的男孩。每天她早早帮主人收拾完毕，然后返回自己的家。主人也曾留她住下，却总是被她拒绝。因为她是女佣，她非常自卑。

　　那天主人要请很多客人吃饭，客人们个个光彩照人。主人对女佣说今天您能不能辛苦一点儿，晚一些回家。女佣说当然可以，不过我儿子见不到我，会害怕的。主人说那您把他也带过来吧……不好意思今天情况有些特殊。那时已是黄昏，客人们马上就到。女佣急匆匆回家，拉了自己的儿子往主人家赶。儿子问我们要去哪里？女佣说，带你参加一个晚宴。

　　四岁的儿子并不知道，自己的母亲是一位佣人。

　　女佣把儿子关进主人家的书房。她说你先待在这里，现在晚宴还没有开始。然后女佣进了厨房，做菜切水果煮咖啡，忙个不停。不断有客人按响门铃，主人或者女佣跑过去开门。有时女佣进书房看看，她的儿子正安静地坐在那里。儿子问晚宴什么时间开始？女佣说不急。你悄悄在这里待着，别出声。

可是不断有客人光临主人的书房。或许他们知道男孩是女佣的儿子，或许并不知道。他们亲切地拍拍男孩的头，然后翻看着主人书架上的书，并对墙上的挂画赞不绝口。男孩始终安静地坐在一旁。他在急切地等待着晚宴的开始。

女佣有些不安。到处都是客人，她的儿子无处可藏。她不想让儿子破坏聚会的快乐气氛，更不想让年幼的儿子知道主人和佣人的区别，富有和贫穷的区别。后来她把儿子叫出书房，并将他关进主人的洗手间。主人的豪宅有两个洗手间，一个主人用，一个客人用。她看看儿子，指指洗手间里的马桶。这是单独给你准备的房间，她说，这是一个凳子。然后她再指指大理石的洗漱台，这是一张桌子。她从怀里掏出两根香肠，放进一个盘子里。这是属于你的，母亲说，现在晚宴开始了。

盘子是从主人的厨房里拿来的。香肠是她在回家的路上买的。她已经很久没有给自己的儿子买过香肠。女佣说这些时，努力抑制着泪水。没办法，主人的洗手间是房子里唯一安静的地方。

男孩在贫困中长大。他从没见过这么豪华的房子，更没有见过洗手间。他不认识抽水马桶，不认识漂亮的大理石洗漱台。他闻着洗涤液和香皂的淡淡香气，幸福得不能自拔。他坐在地上，将盘子放在马桶盖上。他盯着盘子里的香肠和面包，为自己唱起快乐的歌。

晚宴开始的时候，主人突然想起女佣的儿子。他去厨房问女佣，女佣说她也不知道，也许是跑出去玩了吧。主人看女佣躲闪着目光，就在房子里静静地寻找。终于他顺着歌声找到了洗手间里的男孩。那时男孩正将一块香肠放进嘴里。他愣住了。他问你躲在这里干什么？男孩说我是来这里参加晚宴的，现在我正在吃晚餐。他问你知道这是什么地方吗？男孩说我当然知道，这是晚宴的主人单独为我准备的房间。他说是你妈妈这样告诉你的吧？男孩说是……其实不用妈妈说，我也知道。晚宴的主人一定会为我准备最好的房间。不过，男孩指了指盘子里的香肠，我希望能有个人陪我吃这些东西。

主人的鼻子有些发酸。用不着再问，他已经明白了眼前的一切。他默默走回餐桌前，对所有的客人说，对不起今天我不能陪你们共进晚餐了，我得陪一位特殊的客人。然后他从餐桌上端走两个盘子。他来到洗手间的门口，礼貌地敲门。得到男孩的允许后，他推开门，把两个盘子放到马桶盖上。他说这么好的房间，当然不能让你一个人独享……我们将一起共进晚餐。

那天他和男孩聊了很多。他让男孩坚信洗手间是整栋房子里最好的房间。他们在洗手间里吃了很多东西，唱了很多歌。不断有客人敲门进来，他们向主人和男孩问好，他们递给男孩美味的苹果汁和烤成金黄的鸡翅。他们露出夸张和羡慕的表情。后来他们干脆一起挤到小小的洗手间里，给男孩唱起了歌。每个人都很认真，没有一个人认为这是一场闹剧。

多年后男孩长大了。他有了自己的公司，有了带两个洗手间的房子。他步入上流社会，成为富人。每年他都要拿出很大一笔钱救助一些穷人，可是他从不举行捐赠仪式，更不让那些穷人知道他的名字。

　　有朋友问及理由，他说，我始终记得多年前，有一天，有一位富人，有很多人，小心地维系了一个四岁男孩的自尊。

我是送比萨的

午后，年轻人摁响门铃。里面问，谁啊？年轻人答，我是送比萨的。门就开了。女人站在年轻人面前，一张脸笑得灿烂。突然年轻人有些不知所措，当一位陌生人毫无设防地冲他笑，他就会莫名其妙地紧张。

——他想不到女人真的会给他开门。

年轻人挤进屋子，站到客厅里，站在阳光中。女人怔怔地打量着他，女人说可是我没订比萨。

我知道你没有订。年轻人说，可是我还是想把这个比萨卖给你……整个中午，只有你为我打开了门。

年轻人反身关门，将比萨放上餐桌。年轻人从腰间抽出刀子，在手里啪啪地敲打。用不用帮你切开？刀子闪出青蓝色锋利的光芒，用不用帮你把比萨切开？

女人于是知道，自己遇上了麻烦。有几个瞬间她想逃走，想求救，想拼命，可是看看年轻人手里的刀子，她终于说服自己没有动。

刚才我完全可以不必开门。她说。

是的，连我自己都想放弃……整个中午我敲响十八户人家，只有你为我开了门。年轻人说，你的警惕性并不高……

这个比萨，多少钱？女人问。

一百零八块。年轻人说，绝不会多要你一分钱。

为什么一定要卖给我？

因为我需要一百零八块，那是我回家的路费。年轻人说，我在比萨店上班，我送了大半年比萨，可是昨天我把送比萨的电动车丢了，老板说，他得扣掉我四个月的工资……所以我不想干了，我为什么要当牛做马任人欺凌？我想回家……

可是这个比萨……

是我从店里偷出来的。年轻人愤愤地说，我偷了两个比萨。我根本没打算再回去。两个比萨，一个卖掉，一个留作火车上的干粮。这个比萨本该卖一百二十八块，可是现在，只收你一百零八块……

如果我拒绝呢？女人试探着说。

年轻人掂了掂手里的刀子。我是送比萨的，他说，我不想当劫犯。

你可以坐下喝口水。女人说着，将一杯水推给年轻人，比萨我留下，你不用紧张。

我没有紧张。年轻人推开水杯说，我只想早点离开。

女人笑笑。她拉开抽屉，找出一百零八块钱。知道吗？女人把钱递给年轻人，我儿子在北京，也是送比萨的。

你在骗我。年轻人打量着装修豪华的客厅，你家这样富有。

这跟贫穷还是富有没有关系。女人说，年轻人嘛，总该在外面闯一闯……受点苦总是有好处的……他很瘦……你们长得很像……

女人再一次将那杯水推给年轻人。年轻人想了想，接过，一饮而尽。似乎他非常渴，他从喉咙深处发出咕咚咕咚的声音。

年轻人把水杯放回茶几，给女人深鞠一躬，说声谢谢，然后，往外走。这时他听到门口传来窸窸窣窣的声音，然后，很突然地，一位高大魁梧的拿着钥匙的男人挡住了他的去路。

年轻人慌忙去摸自己的刀子。他没有摸到。刀子被他遗忘在餐桌上。

男人愣住了。他看看年轻人，再看看女人，目光里飞出一千个问号。

女人说，他是送比萨的。

男人说，我们订过比萨吗？

女人说，打算给你一个惊喜……一百二十八块钱的比萨，我们只花了一百零八块。

年轻人仓皇逃离。他没有取回他的刀子。他不敢。在高大健壮如同公牛一般的男人面前，他就像一只病恹恹的瘦骨嶙峋的鸡崽。他听到男人纳闷地说，我啥时说过我想吃比萨？

年轻人抱着另一个比萨挤上火车。路上他将比萨吃掉一半，又将剩下的一半马虎地包好。尽管他非常饿，可是对天天打交道的比萨，他实在提不起兴趣。年轻人在一个很偏僻的地方下了火车，又徒步二十里，回到他的故乡。那是一个悬垂在山腰的小山村，房子歪歪扭扭，几乎摞了起来，似乎来一阵风，它们就可以随风摇摆，然后滚下山去。

年轻人见到病榻上的白发亲娘。他说妈，您好些了吗？

母亲说，儿，我见到你，我就好多了。

他说，妈，我给你捎回半个比萨……城里的比萨，您尝尝。

母亲笑笑，掰下一小块，用可怜的已经松动的牙齿细细地磨。她说挺好吃的，挺好吃。然后，她自豪地对前来探望她的邻人说，看看，我说过我儿总有一天会捎回一个比萨，我说过我儿在城里是送比萨的。

他说，妈，刚出烤箱的比萨又香又软，比这个好吃百倍。

母亲说，我知道，我都知道。儿，你还回城里吗？

他说，本来这次回来，不打算再回去了，可是就在刚才，我想，几天以后，我还是要回去的。

母亲问为什么呢？

他说因为比萨。因为两个比萨，因为两个母亲。还因为现在，所有人都知道，我是送比萨的。

天使的产房

　　小时候有一要好的伙伴，父母都是乡医院大夫。那医院虽然破败，却很大很空旷。古老的建筑横七竖八，花园如同足球场般大小，却坚守着近百年的银杏树。记得那一年夏夜，我几乎天天往那位伙伴家里跑，好像是学校里成立了学习小组，又似乎是别的什么原因。医院家属院就在医院里，在那个花园的后面，去时，需要先穿过一道阴冷逼仄的走廊，再经过空无一人的漆黑的老花园。现在我已经很难将那时的情景描述清楚，我只记得夏夜里那个光着脑瓢的小男孩胆战心惊地走在空旷黑暗的医院大院，心中的恐惧，被自己一点一点地放大。

　　前几次回来，都是小伙伴的母亲送我。那是一位三十多岁的纤细小巧的女人，头发剪得很短，喜欢笑，喜欢柔声细语地说话。她会一直将我送到医院大门口，然后目送我走上沙土马路。她不停地与我交谈，她知道交谈能够减轻我的恐惧。她问我的学习成绩，问我的课余游戏，问我的书包，甚至问我的虫牙……她什么都问，却不会令我产生丝毫不快。她还会给我介绍她的医院，她说这几间房子是门诊部，那几间房子是挂号处和取药处，那边的几间是手术室，中间这两间是中医门诊，后面那整整一排，是病房……

那么，那几间呢？我扭过头，问她。

那几间房子挤在医院的角落——医院虽然空旷，可是它们还是被挤到了角落。我从那里经过几次，我只见到了两扇油漆斑驳的厚重的木板门和一个好像从来没有打开过的铜锁。我想屋子里肯定是黑暗的，那时我认为所有我没有去过的地方都是黑暗的。房子前面有一条小路，小路两边开满了花：鸡冠、串红、月季、夹桃、金边兰、太阳花……可是我从来没有见过任何人去那里看过花或者摘过花。那地方让我充满好奇，也让我骇惧。

哦。她笑笑说，那是天使的产房。她的声音不大，柔软，有着绸缎般明亮细腻的质地。

我们可以偷偷去看看吗？我来了兴致。

不要。她笑笑说，我们应该尊重他们，我们更不要去打扰他们——因为那是天使的产房。

那时候我并不知道什么叫作天使，可是我知道什么叫作产房。我知道产房是生命诞生的地方，那么，天使的产房就是天使诞生的地方。她还告诉我所有的天使都长了翅膀，他们生活在我们看不到的地方，他们是单纯、美丽和善良的，可是他们诞生于人间。

她送过我几次，再以后，就不再去送我。她说我完全可以一个人走出医院，走上医院门前的那条沙土路，然后走回家。她说医院是救死扶伤的地方，没什么好怕的。

那以后，似乎，我真的不再害怕。夜晚的乡间医院里有什么呢？有门诊部，有挂号处和取药处，有手术室，有病房，有鸡冠花，有串红花，有月季花，有太阳花，有偶尔出来打扫卫生的老者，还有天使的产房……天使们长了翅膀，住在我们看不见的地方。医院到底有什么可怕的呢？尽管几年以后，突然某一天，我知道，原来那几间房子，就是医院的太平间——当一个人在尘世的生命结束，就会走进去，从此与世间，再无瓜葛。

可是，难道她说得不对吗？那是"天使的产房"，那是天使们诞生的地方。

她让我单纯快乐的童年，没有产生出丝毫有关死亡的恐惧阴影。现在我想，那个时候的她，不正是人世间最美丽最善良的天使吗？

乡下的母亲们

　　乡下的母亲们，多有一两个在城里打拼的儿女。乡下的母亲们，很少有机会见到他们。

　　当城里的母亲们扭起大秧歌跳起扇子舞，乡下的母亲们，仍然操劳在田间地头。她们没有退休，没有退休金，没有节假日，没有加班费。生命不息，她们的劳作不息。她们在同一片土地上洒下少年的汗水，青年的汗水，中年的汗水，老年的汗水。春播秋种，她们不肯忽略任何一个节气。

　　乡下的母亲们，多有一个碧绿的菜园。当儿女们归来又返程，母亲们便会将绿生生的青菜装进蛇皮口袋，作为儿女们回程的行李。儿女们多皱了眉，不要，推辞，却不是因了母亲们的辛劳，而是惧怕一路上太过麻烦。其实母亲们也知道那些青菜值不得几个钱，母亲们也知道这青菜城里到处都有卖，但她们已成为一种习惯，一种生活方式，一种必需。看着儿女们将青菜带上汽车或者列车，母亲们眼角的皱纹，便会舒展开来。尽管，那些青菜们将会烂掉大部分。

乡下的母亲们，经常想念远在城里的儿女们。但她们不说，不外露，只把想念和牵挂深埋心底，一个人默默承受。偶尔她们会给儿女们打个电话，却多是淡淡的语气，几句话说完，电话便挂断了。乡下的母亲们的性格，多是腼腆的，含蓄的，内敛的，甚至是木讷的。她们不善言辞，哪怕是面对自己的儿女。

　　乡下的母亲们，多不知道母亲节是哪一天。当儿女们从城里打回电话祝她们快乐，她们甚至会红了脸。她们认为那不是节日，在她们心里，只有中秋和春节才能算做节日。因为这两个节日是应该团圆的，尽管，即使在这两天里，远在城里的儿女们也常常因了各种借口不回家来。不回家来，母亲们也不恼，她坐在农家小院，忙着自己的事情，想着远在天边的儿女。

　　乡下的母亲们，多没读过什么书。她们认不得几个字，却拼了全力供自己的儿女们读书。当儿女们终没因读书而改变自己的人生，母亲们又耗尽全力将他们送进城市，送到她们完全陌生的地方。她们不希望自己的儿女们同她们一样生长在乡下，乡下是生存的地方，不是生活和享受的地方。尽管她们知道，从儿女们进城的那一天，事实上，离自己的距离就越来越远。

　　乡下母亲们最快乐的日子，就是儿女们围在她的身边。她会做出满桌子好菜，微笑着，看儿女们狼吞虎咽。她们的筷子很少去动儿女们喜欢的那道菜，她们知道省下一口，儿女们便可以多吃一口。当一顿饭吃完，当那道菜还有很多，母亲们就会端下去，然后待第二顿，再热一遍，再端上来。在她们眼里，好饭的概念就是儿女们喜欢的饭菜。这里面，母亲唯独忽略了自我。

十几年前我高中毕业，四处求职四处碰壁。可是我仍然赖在城市，每天在别人的屋檐下行走。我怕回到乡下，我怕自己成为如父辈们一样的农人。我在城市里混了两年，终在一个深秋，遍体鳞伤地回家。母亲为我做了一桌子菜，微笑着看我狼吞虎咽。她不提我的工作和前程，她小心翼翼地回避着我的伤口。后来，终有一天，当我再一次离家，再一次鼓足去城市打拼的勇气，母亲对我说了一句话。那句话让我终生难忘。

母亲说，不管什么时候，想回来，就回来吧！家永远，欢迎你。

那一刻我哭了。那一刻，我无法忍住流泪。

那夜，那对盲人夫妻

我永远记得那个夜晚。悲怆的声音一点点变得平和，变得快乐。因为一声稚嫩的喝彩。

那是乡下的冬天，乡下的冬天远比城市的冬天漫长。常有盲人来到村子，为村人唱戏。他们多为夫妻，两人一组，带着胡琴和另外一些简单的乐器。大多时村里会包场，三五块钱，会让他们唱到很晚。在娱乐极度匮乏的年代，那是村人难得的节日。

让我感兴趣的并不是那些粗糙的表演，而是他们走路时的样子。年幼的我常常从他们笨拙的行走姿势中找到属于自己的卑劣的快乐。那是怎样一种可笑的姿势啊！男人将演奏用的胡琴横过来，握住前端，走在前面。女人握着胡琴的后端，小心翼翼地跟着自己的男人，任凭男人胡乱地带路。他们走在狭窄的村路上，深一脚浅一脚，面前永远是无边的黑夜。雨后，路上遍散着大大小小的水洼，男人走进去，停下，说，水。女人就笑了。不说话，却把胡琴攥得更紧。然后换一个方向，继续走。换不换都一样，到处都是水洼。在初冬，男人的脚，总是湿的。

那对夫妻在村里演了两场，用了极业余的嗓音。地点在村委大院，两张椅子就是他们的舞台。村人或坐或站，聊着天，抽着烟，跺着脚，打着哈欠，一晚上就过去了。没有几个人认真听戏。村人需要的只是听戏的气氛，而不是戏的本身。

要演最后一场时，变了天。严寒在那一夜，突然窜进我们的村子。那夜滴水成冰。风像刀子，直接刺进骨头。来看戏的人，寥寥无几。村长说要不明天再演吧？男人说明天还得去别的村。村长说要不这场就取消吧？男人说说好三场的。村长说就算取消了，钱也是你们的，不会要回来。男人说没有这样的道理。村长撇撇嘴，不说话了。夫妻俩在大院里摆上椅子，坐定，拉起胡琴，唱了起来。他们的声音在寒风中颤抖。

加上我，总共才三四名观众。我对戏没有丝毫兴趣，我只想看他们离开时，会不会被结冰的水洼滑倒。天越来越冷，村长终于熬不住了。他关掉村委大院的电灯，悄悄离开。那时整个大院除了我，只剩下一对一边瑟瑟发抖、一边唱戏的盲人夫妻。

我离他们很近。月光下他们的表情一点一点变得悲伤。然后，连那声音都悲伤起来。也许他们并不知道那唯一的一盏灯已经熄灭，可是他们肯定能够感觉出面前的观众正在减少。甚至，他们会不会怀疑整个大院除了他们，已经空无一人了呢？也许会吧，因为我一直默默地站着，没有弄出任何一点声音。

我在等待演出结束。可是他们的演出远比想象中漫长。每唱完一曲，女人就会站起来，报下一个曲目，鞠一躬，然后坐下，接着唱。男人的胡琴响起，女人投入地变换着戏里人物的表情。可是她所有的表情都掺进一种悲怆的调子。他们的认真和耐心让我烦躁。

我跑回了家。我想即使我吃掉两个红薯再回来，他们也不会唱完。我果真在家里吃掉两个红薯，又烤了一会儿炉子，然后再一次回到村委大院。果然，他们还在唱。女人刚刚报完最后一首曲目，刚刚向并不存在的观众深鞠一躬。可是我发现，这时的男人，已经泪流满面。

突然我叫了一声好。我的叫好并不是喝彩，那完全是无知孩童顽劣的游戏。我把手里的板凳在冻硬的地上磕出清脆的响声。我努力制造着噪音，只为他们能够早些离开，然后，为我表演那种可笑和笨拙的走路姿势。

两个人同时愣了愣。好像他们不相信仍然有人在听他们唱戏。男人飞快地擦去了眼泪，然后，他们的表情同时变得舒展。我不懂戏，可是我能觉察他们悲怆的声音正慢慢变得平和，变得快乐。无疑，他们的快乐，来自于我不断制造出来的噪音，来自于我那声顽劣的喝彩，以及我这个唯一的观众。

他们终于离开，带着少得可怜的行李。一把胡琴横过来，男人握着前端，走在前面，女人握着后端，小心翼翼地跟着，任凭男人胡乱地带路。他们走得很稳。男人停下来，说，冰。女人就笑了。她不说话，却把胡琴攥得更紧。

多年后我常常回想起那个夜晚。我不知道那夜，那对盲人夫妻，都想了些什么。只希望，我那声稚嫩的喝彩，能够让他们在永远的黑暗中，感受到一丝丝阳光。

　　尽管，我承认，那并非我的初衷。

十五步光

　　十五步光，流动着，只有十五步。那光是手电筒射出来的，橘黄色，淡淡的，光圈调得很小，从洗手间开始，轻轻地，牵着男人的脚步，嚓，嚓嚓，到卧室了，慢慢带上房门，光便熄灭了。小巧的手电筒，使用的空间，只有客厅；使用的距离，只有十五步。

　　男人经常在书房，工作到很晚。那时女人已经熟睡，卧室里弥漫着玫瑰慵懒的芬芳。男人在洗手间洗漱完毕，关上客厅大灯，蹑手蹑脚走向卧室。客厅漆黑一片，男人走得小心。他得凭着感觉，绕过花盆，绕过电视柜，绕过皮墩，绕过茶几，然后轻轻推开卧室的门。男人摸上床，却不敢碰触女人的身体。他的手脚都有些凉，他怕将女人扰醒。

　　那天男人被花盆绊了一下，小腿磕上茶几一角。很响的声音，伴着男人低低的惨叫，将女人惊醒。女人开了灯，看男人腿上渗出血珠。女人说你怎么不开灯？男人说我刚关上灯。女人说你怎么不先打开卧室的灯，敞着门，再关上客厅的灯？……你怎么摸着黑？男人说不用开……也不能天天磕着腿……再说怕扰醒你呢。女人说傻人，醒了怕什么呢？再睡呗。

以后逢男人在书房熬夜，女人便会开着卧室的灯，敞着卧室的门，将一抹光线，洒进客厅。男人说不是开着灯睡不着吗？女人说没事，习惯就好了。

有一天男人工作到很晚，他想这时候，女人肯定睡着了。他关了客厅的大灯，轻轻走进卧室，轻轻关上房门。他看到女人闭着眼，眼皮却快速地眨动，然后，翻一下身。男人轻声说你还没睡吗？女人仍然闭着眼，却是微笑着表情，她说没事，关灯吧！再翻一下身。

第二天，整整一个上午，男人在客厅和卧室间不停穿梭。他盯着墙上的开关，翻出家里装修时的电路图，愁眉不展。他甚至找出了改锥、钳子、锤子和绝缘胶布，可最终，他又将这些东西，放回原处。

下午男人去趟了超市。吃晚饭的时候，他掏出一个小手电筒。比一支钢笔大不了多少的手电筒。他把它握在手里，像握着一束鲜花。他把手电筒展示给女人，他说看，开，关，开，关，还不错吧。

女人瞅瞅男人，再瞅瞅手电筒，再瞅瞅男人。她有些感动，却没有说话。

那个手电筒，只使用十五步。从洗手间亮起，到卧室熄灭。不过十五步光，却牵着男人，奔向每一个好梦。

男人的战争

　　他们一直住着城市边缘的一个平房。

　　房子紧靠铁路，简陋，背阴，更像个随便搭起的窝棚。他把她接进来，添置些锅碗瓢盆，两个人便开始了共同的日子。他们在房子的四周围起了栅栏，在屋后种了樱桃树和蔬菜。于是夏天，坐在屋子里，竟也能闻见若有若无的清香了。

　　可是到了冬天，房间即刻变得阴冷无比。他费了很大的劲儿，终于搞来一个煤球炉。当淡蓝的炉火升起，他和她，便觉得春意盎然。

　　煤球炉晚上需要封火，这成了他的工作。封火后的煤球炉不再滚烫和热烈，更像个打着盹儿的暖暖的太阳。每天晚上他都要起来，两次，或者三次，查看他的煤球炉，抽上一支烟，再看一眼旁边熟睡的妻子，然后继续睡去。

　　妻子说，你晚上总起来干吗呢？怕别人偷了你的破炉子？他嘿嘿笑，露着尴尬的表情。晚上却依然起来，查看他的煤球炉，两次，或者三次。

儿子懂些事的时候，也对他的举动不解。他告诉儿子，煤炉封不好的话，会中毒呢。儿子把他的话告诉妻子，两个人就夸张地将他嘲笑一番。妻子说生命诚可贵嘛，儿子说爸爸是怕死鬼嘛。他嘿嘿笑，抽着烟。他眯起的眼睛透过一个巨大的烟圈，注视着这对快活的母子。他的目光，柔情似水。

每天晚上他仍然起来查看他的煤球炉，两次，或者三次。他的煤球炉在冬天的日子里，从来没有熄灭过。他认为那是家的太阳。

儿子长大了，去很远的城市读书，在很远的城市工作，又在很远的城市安了家。元旦的前几天儿子打电话回来，说要接他和妻子去那个城市住些日子。儿子说那里天气很好，房间里也通了暖气，很暖和，很舒服。

那几天他正好有些琐事，便让妻子一个人先去了。后来他得了重感冒，便打消了去儿子那里住些日子的念头。过几天儿子再一次打电话过来，儿子说就来住几天吧。他说今年还是算了，明年再说吧。那天儿子在电话里劝了他半个多小时，还是没能将他劝动。放下电话的时候，他听出儿子的声音，有些恼。

儿子终于下决心亲自接父亲过来。

儿子下了火车，天刚刚亮。儿子敲父亲的门，很久才敲开。他穿着睡衣，睡眼蒙眬中见到了自己的儿子。

屋子里却寒冷无比。那个煤球炉，不知什么时间已经熄灭，冷得似一块南极的坚冰。儿子问，炉子怎么灭了呢？

灭了吗？他看看，果然。晚上没封好吧！他说。

不是每天晚上都要起来查看两三次吗？儿子的话随口而出，他知道那是父亲的习惯。

好几天没起来了。他说，自你妈去你那儿后，我晚上就没起来过，三十年来，还就这几天，睡了个踏实觉。竟露出孩子般得意的神情。

儿子的心像被钢针狠狠地扎了一下。他想起他小的时候，和自己的母亲一起取笑父亲是怕死鬼。而当父亲独自一人时，竟然在寒冷的屋子里，睡得踏实。

也许父亲太累了吧？他想。

他突然觉得面前这位头发花白身体佝偻的老男人，其实更像一名战士。只为保护自己的妻儿，竟默默地和一个破旧的煤球炉，战斗了三十年。

这是男人的战争。

晚报 B 叠

晚报 B 叠，第二版，满满的全是招聘广告。每天他从小街上走过，都会停下来，在那个固定的报摊买一份晚报，回到住处，慢慢地看。他只看 B 叠，第二版。他失业了，B 叠第二版是他的全部希望。

卖报纸的老人，像他的母亲。她们同是佝偻的背，同是深深的皱纹，同是混浊的眼睛和表情。可那不可能是他的母亲。母亲在一年前就去世了。夜里，他常常在不知不觉中哭湿枕头。他把报纸抓到手里，卷成筒，从口袋往外掏钱。他只掏出了五毛钱，可是一份晚报，需要六毛钱。他记得口袋里应该有六毛钱的，可是现在，那一毛钱，却怎么也找不到了。

五毛钱行不行？他商量。

不行。斩钉截铁的语气。

我身上，只带了五毛钱。他说。其实他想说这是他最后的五毛钱，可是自尊心让他放弃。

五毛钱卖给你的话，我会赔五分钱。老人说。

我以前，天天来买您的报纸。

这不是一回事。老人说，我不想赔五分钱。

那这样，我用五毛钱，只买这份晚报的 B 叠第二版。他把手中的报纸展开，抽出那一张，卷成筒，把剩下的报纸还给老人。反正也没几个人喜欢看这个版，剩下这沓，您还可以再卖五毛钱。他给老人出主意。

没有这样的规矩。老人说，不行。

真的不行？

真的不行。

他有一种想哭的冲动。上午他去了三个用工单位，可是他无一例外地遭到拒绝。事实上几天来，他一直被拒绝。仿佛全世界都在拒绝他，包括面前这位极像他母亲的老人；仿佛什么都可以拒绝他，爱情，工作，温饱，尊严，甚至一份晚报的 B 叠。

我几乎天天都来买您的报纸，明天我肯定还会再来。他想试最后一次。

可是我不能赔五分钱。老人向他摊开手。那表情，没有丝毫可以商量的余地。

他很想告诉老人，这五毛钱，是他的最后财产。可是他忍住了。他把手里的报纸筒展开，飞快地扫一眼，慢慢插回那沓报纸里，然后，转过身。

你是想看招聘广告吧？老人突然问。

是。他站住。

在 B 叠第二版？老人问。

是这样。他回过头。他想也许老人认为一份晚报拆开卖的确是个不错的主意。也许老人混浊的眼睛看出了他的窘迫。他插在裤袋里的两只手一动不动，可是他的眼睛里分明伸出无数只手，将那张报纸紧紧地攥在手里。

知道了。老人冲他笑笑，你走吧。

他想哭的冲动愈加强烈。他认为自己受到了嘲弄。嘲弄他的是一位街头的卖报老人。老人长得像他的母亲。这让他伤心不已。

第二天他找到了工作。他早知道那个公司在招聘职员，可是他一直不敢去试，——他认为自己不可能被他们录取。可是因为没有新的晚报，没有新的晚报 B 叠第二版，没有新的供自己斟酌的应聘单位，他只能硬着头皮去试。结果出乎他的意料，他被录取了。

当天他就搬到了公司宿舍。他迅速告别了旧的住所，旧的小街，旧的容颜和旧的心情。他所有的一切都是新的。接下来的半个月，他整天快乐地忙碌。

那个周末他有了时间，他一个人在街上慢慢散步，不知不觉，拐进了那条小街。他看到了老人，老人也看到了他。的确，老人像他的母亲。

老人向他招手，他走过去。步子是轻快的，和半个月前完全不同。老人说，今天要买晚报吗？

他站在老人面前。他说，不买。以后，我再也不会买您的晚报。他有一种强烈的报复的快感。

老人似乎并没有听懂他的话。她从报摊下取出厚厚一沓纸。

她把那沓纸卷成筒，递给他。老人说，你不是想看招聘广告吗？

他怔了怔。那是一沓正面写满字的十六开白纸。老人所说的招聘广告用铅笔写在反面，每一张纸上都写得密密麻麻。他问这是您写的？

老人说是。知道你在找工作，就帮你抄下来。本来只想给你抄那一天的，可是这半个月，你一直没来，就抄了半个月。怕有些，已经过时了吧？

他看着老人，张张嘴，却说不出话。

可是五毛钱真的不能卖给你。老人解释说，那样我会赔五分钱。

突然有些感动。他低下头，翻着那厚厚的一沓纸。那些字很笨拙，却认真和工整，像幼儿园里孩子们的作品。

能看懂吗？老人不好意思地笑。

泪水毫无征兆地汹涌而出。他盯着老人，老人像他的母亲。他咬紧嘴唇，可是他分明听见自己说，妈……

我们吓坏了自己

在电视台做事的朋友，给我讲了这样一个故事：

有一次，他们的一档娱乐节目需要在大街上做一个随机采访，朋友正好是那个节目的外景主持人。采访很简单，朋友握着话筒，拦下一个个路人，问，如果我现在能帮您实现一个愿望，那么，您希望这个愿望是什么？回答时间限定，十秒钟。

为这个节目，朋友做了充足的准备。就是说，不管对方做出怎样的回答，他都可以继续问下去，从而将话题延伸。那天他在街上拦下二十个路人，他向二十个路人一一询问了同样的问题。

结果却令他大为震惊。——二十个人中，有十九个人的回答基本相同。十秒钟过去，他们会说，我还没有考虑好。说这些时，他们表情严峻，眉头紧锁。——似乎生怕自己说错，从而失去一个难得的能够实现愿望的机会。

难道他们不知道这不过是一个游戏？当然不是。谁都知道这只是一个游戏，谁都清楚我的朋友不会帮自己实现任何愿望。既然如此，他们说什么都行，怎么说都行。可是他们仍然不肯轻易开口，他们痛苦地一本正经地思考，然后，抱歉地对朋友说，对不起，我还没有考虑好。

甚至有人说，如果给我一天时间，如果您明天还要采访我，那么明天，或许我会给你一个最完美的答案。

那天，朋友非常失望。他说，这个城市的人已经习惯了毫无理由的严谨。或者说，他们被自己吓坏了。

被自己吓坏了？我不懂。

是的。朋友说，他们总是害怕出错。或许他们害怕受到我的愚弄，或许他们害怕受到路人的嘲笑，或许他们害怕将自己的愿望暴露，或许，他们真的害怕失去一次实现愿望的机会，总之，他们失去了回答一个最简单的问题的勇气。事实上这个城市的人每天都在遭受各种各样的惊吓：怕失业、怕失恋、怕降薪、怕成为笑柄，等等。或许他们曾见过别人失业、失恋、降薪、成为笑柄，或许他们在以前的生活中也曾失过业、失过恋、降过薪、成为过笑柄，或许这一切的发生，有时候真的仅仅因为一句随口而出的没有经过深思熟虑的话，因此，他们只能练成千篇一律的严谨和古板。他们每一天都在小心翼翼地过日子，生怕说错任何一句话甚至一个字，哪怕，是做类似"帮你实现一个愿望"这样的游戏。

不是还有一个人说出了自己的愿望吗？我问。

那是一个男孩，朋友说。

他的愿望是什么？

给我五块钱！

我们都笑了。

只有孩子才可以无所顾忌地说话，才可以将自己的愿望毫无戒备地暴露给别人。朋友说，所以那天我真给了他五块钱。后来我想，假如那十九个人真的说出自己的愿望，有些愿望，或许我真可以帮他们实现。可是，他们没有说……

第二天你又去采访他们了吗？我问。

没有。那档节目最终被取消了。其实就算我第二天再去，我想他们也不会考虑好。事实上，他们永远都不会考虑好。——考虑的时间越长，越是难以抉择。因为他们被自己吓坏了，还因为，他们想要实现的绝不仅仅只有一个愿望。

所以，就算你二十年后仍然采访这二十个人，结果也会完全一样。

不，朋友笑笑说，结果肯定不一样。

不一样？

不一样。朋友说，因为那时，那个将愿望暴露的男孩，已经长大了。

募捐者

　　募捐者坐在椅子上，坐在人群里。她的面前放一张桌子，桌子上放一架电子琴，一个铁支架，一个募捐箱。黑色的电子琴，琴面斑驳，琴键发出的声音可能早已经不再标准；铁架生满红锈，上面绑着一个麦克风和一只旧口琴；募捐箱只是普通的硬纸箱，糊了红纸，毛笔写了"募捐"，粗糙，拙陋。募捐者不说话，只顾唱她的歌。她的嗓音沙哑，歌声与琴声甚至有些脱节。然她的表情肃穆哀伤，只需看她的表情，你就会有想哭的冲动。

　　一曲终了，募捐者喝一口水，接着唱。嘴唇碰触瓶口的瞬间，她倒抽一口冷气，脸上有了痛苦的表情。她的嘴唇干裂，仔细看，你会发现她厚厚的嘴唇上，裂开一道又一道的血口。

　　那是2008年5月12日，下午三点多钟。这个时候，地震的消息还没有在城市里完全传开。不断有路人挤过去，懵懂着表情，问，为什么募捐？便有旁人告诉他，四川地震了。再问，严重吗？旁人答，7.8级。问者炸了表情，这么可怕？答者点点头，可能是大灾难……所以募捐。问者想想，再问，这是民政部门的事情吧？或者由红十字会来管……我指的是，只有他们才有向社会募捐的资格吧？

答者无言以对。他的手里本来捏着五十块钱。五十块钱眼看就要塞进募捐箱，这一刻，却缩了回来。

又是一曲终了。募捐者清清嗓子，再喝一口水。问者上前一步，问她，你会怎么处理这些钱？

募捐者说，当然全部捐给震区。

问者不依，可是我们怎么相信你？

募捐者低下头，沉默很久。我没有办法让你们相信，她说，我只凭我的良心。然后，电子琴再一次响起来。

募捐箱摆在那里，显得有些孤单。虽然不断有钱塞进去，可是人们的目光，已经多出几分狐疑。终于，有人说，我们直接把钱捐给红十字会，不好吗？

没有人说话。可是那些目光，分明有了赞同的意思。

甚至，已经捐过钱的那些人，也开始后悔——骗子们所利用的，不正是人们的善良和同情心吗？

更何况，在那时，几乎所有人，都没有意识到地震的严重性。

又是一曲终了。募捐者喘一口气，掏出一张纸片，递给围观者。这上面，有中国红十字会的地址和账号，她说，你们可以把钱，直接寄到这个地址，或者汇到这个账号。

你怎么会有红十字会的账号？

我以前，给他们汇过钱。

你？汇过钱？惊讶的表情和语气。

是的。我汇过。

可是我们怎么相信你？

我真的没有办法让你们相信。募捐者紧咬着嘴唇，我只能，凭我的良心。

募捐者的歌声，再一次响起来。只是这次，她在募捐箱的旁边，放上一个精致的花瓶——显然她已经向围观者缴械——花瓶只代表了自己——代表着乞讨、卖艺，甚至索要——花瓶里散落着一些零钞——在平时，这个花瓶，这个花瓶里零零散散的钞票，是她能够活下去，能够继续在大街上唱歌的唯一保障。

有零钞投进去。很少。

终于，黄昏时，募捐者等来一位老人。一位靠乞讨生存的老人，白了头发和胡须，皱纹间落满尘土和苦难。募捐者把纸箱里的所有钱递给老人，把花瓶里的所有钱递给老人，又把手心里的纸条递给老人。募捐者说，您过马路，小心些……

老人走进离他们最近的银行。

老人将钱细细地数一遍，又一遍，然后，交给窗口的工作人员。老人候在那里，表情淡定并且哀伤。突然老人说，等一下。他翻遍所有的口袋，然后，将几枚硬币，恭恭敬敬地捧进窗口。

老人沿原路返回，走得很慢。老人佝偻着身子，步履蹒跚。老人递给募捐者一个装着两个轮子的丑陋并且简陋的木板车。老人说回家吧我的孩子……今天晚上，咱们，毕竟还有一个，能够遮风挡雨的家。

募捐者冲老人笑笑，点头。募捐者冲身边的人笑笑，说，今天晚上，从电视里，或许，你们就能看到这个账号……我只想为那些苦难中的同胞做点事情……我不会说谎……凭我的良心。

　　在老人的帮助下，募捐者吃力地挪上那个木板车。围观者顿时发出一声惊呼，他们发现，那个募捐者，膝盖以下，空空如也。

志愿者

志愿者扒开废墟，看到一只胖嘟嘟的小手。那只手握着一只挤碎的蛋壳，蛋壳上，蜡笔涂画了红色的笑脸。志愿者抹一把泪，问你还好吗？里面说，好。稚嫩的声音从水泥板的缝隙里挤出，颤抖惊骇，挂着冰凌。志愿者说别怕，马上救你出去。他喊来救援队员和医护人员，救援队员们用上了冲击钻和千斤顶，医护人员们神色焦灼。志愿者一只手高高地举起吊瓶，另一只手，紧紧握住那只流血的胖嘟嘟的小手。

你痛吗？志愿者俯下身子。

我痛，可是我很好。惊骇的声音慢慢平静。

你是好样的，你很勇敢。志愿者说，不要怕，马上救你出来。

可是我的身边还埋着很多同学。很多血……

他们还好吗？志愿者晃了晃，几乎栽倒。坍塌现场狭窄惨烈，大型挖掘机派不上任何用场。救援队员们，只能依靠双手将狭窄的缝隙一点一点抠开。

我不知道。小女孩说，刚才我还和他们说过话。很多血……

现在呢？

现在没有声音了。小女孩说，他们睡着了吗？

他们睡着了。志愿者哽咽着，你不要乱动，尽量节省体力。我们先把你救出去……

你们会把他们也救出去吗？

当然，我保证。志愿者泪如雨下，你们都会平安，你们都是好孩子……

救援队员们从废墟里扒出一个小男孩。小男孩侧卧在小女孩的外面，一根钢筋刺穿了他的左胸。鲜血染黑他身体下方的楼板，他紧闭双眼，已经没有了呼吸和心跳。然他的手里，仍然紧紧地抓着一只可爱的小棕熊。

大夫摇着头，摘下眼镜。泪水打湿口罩。

志愿者擎着吊瓶，看着大夫。

大夫继续摇头。没有希望了。

志愿者无声地嘶喊，做一个冲过来的姿势。废墟下面马上传出小女孩痛苦的呻吟——塑料软管扯动了她手背上的针头，志愿者看到软管里回流着她清澈的血。小女孩说叔叔，叔叔……她的声音再一次变得颤抖。

志愿者怔一下，定住脚步，说，我在。牙关紧咬，表情狰狞。他的世界一片模糊，眼睛像泄洪的闸。豆大的泪珠砸在坍塌的楼板上，击起微小的尘烟。志愿者高高举起吊瓶，看担架离他越来越远。

叔叔您走了吗？稚嫩的声音惊惧不安。

不，叔叔不会走。

叔叔您哭了吗？

不，叔叔不会哭。

您能看到我吗？

我能看到你了，孩子。

我也不会哭。

是，你是勇敢的孩子。

志愿者闭上眼睛。没有用，眼前尽是地动山摇的恐怖景象。楼房像积木一般突然垮塌，远处的山体像被巨大的斧头拦腰斩断。柏油马路如同水蛇般扭曲着身子在几乎被夷为平地的城市里爬行，到处都是尘烟，瓦砾，惨叫，鲜血，震塌的店铺，倾斜的楼房，惊恐的眼睛，战栗的身体，亲人失去或者亲人重逢之后的号啕……

小女孩终被救了出来。她的眼睛宛若透明清澈的葡萄，她小小的身体像羽毛一样轻盈。她向志愿者露一个微笑，她说，因为您一直在，刚才，我没有害怕……

志愿者没有笑。他很想递给小女孩一个笑脸。可是他发现，这个时候，他已经做不到了。

……救援继续。志愿者跪下来，疯狂地扒着他面前的废墟。志愿者的眼镜掉落地上，摔成碎片。志愿者失去了他的十个指甲。志愿者扒起来的每一块残砖，都浸染着他的鲜血。

救援队员们扒出十二具尸体。十二具小小的尸体，挨挤着，蜷缩着，坐着或者躺着，笑着或者哭着，坚强着或者绝望着，镇静着或者骇惧着，冰冷，僵硬，如同春天里，突然冻僵的可怜的柔软的花苞。

志愿者晕厥过去。连同身边的棕熊。

……他在医院里醒来。他再一次回忆起那可怕的一幕。他的世界，终于坍塌。

志愿者经过一个个帐篷。老人们老泪纵横，一遍遍低唤着失踪的亲人；年轻人三五成群，组成临时的救援小队；孩子们互相安慰着，尽管眼睛里还闪烁着泪花；还有年轻的母亲——年轻的母亲们怀抱着熟睡的婴儿，轻轻拍打着，为他们唱起儿歌：

不要怕，不要怕，你是勇敢的好娃娃……

志愿者跌跌撞撞地走到一位女人面前，将手里的小棕熊塞给她怀里的孩子。小男孩只有两三岁的样子，生得虎头虎脑。他看着志愿者，咧开嘴，笑了。

志愿者的眼泪，滴落在他粉嘟嘟红扑扑的小脸上。

志愿者对女人说，是我儿子的，送给他吧。

刚转身，就听到小男孩稚声稚气地唱起来：

我不怕，我不怕，我是勇敢的好娃娃……

救援者

震后一个小时，救援者赶到了这里。

一栋大楼塌掉大半，却硬撑着，不肯彻底垮塌。大楼歪歪斜斜，扭成麻花，几层天花板叠压在一起，像被丢弃在废墟上的巨大的手风琴。不时有玻璃或者水泥板落下，哗啦一声，让救援者心急如焚。

余震不断，大楼随时可能完全坍塌。有时候，救援者甚至看见沉重的天花板像一张薄纸般慢慢地飘扬起来。巨木和瓦砾纷纷滚落，大楼好像一颗随时可能爆炸的炸弹。突然救援者侧起耳朵，他听到大楼深处传出焦急并且恐惧的呼救。那是一位年轻女子的声音，灾难中，她代表着生命和希望。

救援者操起铁锹，冲向摇摇晃晃的大楼。

他被后面的人拦腰抱住。

放开我！他扭过头，冲抱住他的人大声吼叫，里面有人！

现在你不能进去！抱住他的人说，余震会震塌整栋大楼！

可是我们的任务就是救人！

如果连你也被砸死，你还怎么救人？

我不管！让我进去！救援者两眼通红。

等余震过去！

现在就让我进去！救援者像一只落进陷阱的豹子般拼命挣扎，放开我！

抱住他的手，却越来越紧。

又一轮余震。大地剧烈颤抖。楼房呈现一种更加可怕的倾斜角度。远处传来山体滑坡的隆隆响声。尘烟四起。救护车哇啦哇啦地开过去。大楼深处的呼救声变得绝望，觳觫不安。救援者瞪着他的同伴，大吼，信不信我他娘的揪下你的脑袋？！

同伴不说话，将他抱得更紧。

他嗷一声尖叫，低下头，狠狠咬住同伴的手。伴着同伴的一声惨叫，救援者冲进似乎马上就要变成粉末的大楼。他被烟尘呛得流下眼泪。他摔了两跤。他找到受伤的女人。女人被压在一块水泥板的下面，她的鲜艳的衣服，如同废墟里的一面旗帜。

救援者搬开了水泥板。他惊讶，自己竟然有着如此之大的力气。

救援者深弯下腰。

救援者背起女人。

救援者踉踉跄跄往外走。

救援者被绊倒，眼前一片眩晕。

救援者爬起来，膝盖钻心地痛。

救援者将女人扛上了肩。

救援者挥汗如雨，挥泪如雨。

救援者再一次被绊倒。

那一刻，他想起了自己的妻子。

余震一波接着一波，似乎永远没有停歇。大楼像一张脆弱的纸，被魔鬼的手，随意地折叠。

救援者再一次背起女人。极度的疲惫和剧烈的震动让他已经不能站起。他俯下身子，四肢着地，狗一样爬行。他爬。爬过瓦砾，爬过断壁，爬过锋利的碎石和玻璃。他爬。不断有砖块落到他的周围，甚至击中他的肩膀和脑袋。他对女人说，护住头。

他爬。

他的背上，趴伏着一位穿着鲜艳的女人。女人是灾难里的希望。伟大的弱者。生命的延续。

他爬。拼命地爬。一刻不停地爬。他看到了灿烂的阳光。

楼房在这一刻，终于彻底坍塌。他的面前，一块巨大的水泥板倾斜着向他挤压过来。那一刻，他侧了肩膀，将女人稳稳地抱在怀里。他宽阔的身体紧护住女人，那一刻，他的整个世界，只剩下女人。两滴眼泪飞溅而出，他轻唤了妻子的名字。

……他和女人，被其他救援队员救了出来。

救援者所受的伤，甚至比女人还重。

医院里，救援者和女人，并排躺在两个担架床上，接受治疗。

女人说没有你，我就埋在下面了。

救援者咬着嘴唇，笑笑。

女人说没有人强迫你救我——像他们说的那样，如果连你也被砸死了，你还怎么救其他人？

　　救援者盯着头顶的输液瓶，说，我得让你们知道，灾难发生的第一时间，我就和你们在一起……即使最终我无力将你救出，在那时，你也会看得见我，也会感觉得到我……那样的话，我和你，都不会留下遗憾……是的，没有人抛弃你们……

　　说到这里，救援者已经泣不成声。灾难里他没有抛弃身边的女人，但或许，很可能，他抛弃了自己的妻子。

　　……到达这栋大楼之前，他经过了自己的家。那里只剩一片废墟，那里掩埋着他的妻子。那里有另一队救援队员，那里嘈杂紧张。然他，那时，却没有能够停下脚步。他扭过头，咬碎满嘴牙齿。他看到，废墟里，一缕鲜艳的红色……

幸存者

　　幸存者被掩埋两天以后，被人救起。她记不清那些救援者的脸孔，她只记得金黄色的马甲在眼前晃来晃去。

　　幸存者被转移到另外一个城市，然后，又被一位好心的女人接回了家。那是一位和蔼美丽的中年女人，独自住一栋很大很结实的房子。她告诉幸存者，她还有一个在外地读大学的女儿。幸存者见过她女儿的照片，照片放在茶几上，照片里的女孩冲着她笑。女孩清纯靓丽，像她一样健康和年轻。

　　幸存者喝着热汤，听女人柔声细语地安慰她。现在幸存者已经不怕了，可是她的心，仍然高悬在半空。与母亲失去联系已经整整五天，她常常想，自己的母亲，是不是，已经不在了？

　　这世上，母亲是她唯一的亲人。

　　幸存者跑过所有的医院，将贴在医院外墙的伤员名单看了一遍又一遍；幸存者守在医院大门外，紧紧地盯住救护车送来的每一位幸存者；幸存者找遍报纸的每一个角落，搜遍医院走廊里的每一张寻亲条；幸存者找到民政部门，找到电视台，找到广播电台，甚至找到殡仪馆……没有用，她找不到自己的母亲。

幸存者坐在舒适的餐厅里，喝一碗飘着蛋花的汤。女人守在她的身边，安慰她说，你不要着急。

幸存者不说话。

女人说也许她就在下一批伤员里……说不定明天，你就能够见到她。

幸存者抬起头，泪水盈满眼眶。她说如果妈妈去了，我也不想活了……如果妈妈真的去了，我怎么活？

女人吓了一跳。不要乱说，她轻轻握住幸存者的手，你们都会没事的。

幸存者哭了起来。号啕。她抱紧女人，她向女人大喊妈妈不在了……妈妈她肯定不在了……幸存者不停地发抖，如同寒风里无助的树叶。

几天以后，幸存者终于把注意力，集中到广场上临时搭建的灾民帐篷。

她没有母亲的照片。她只能向那些灾民讲述母亲的样子。

她说她四十七八岁，个子不高，却留了很长的头发；她语速很快，说话时，嘴角喜欢带着笑；她在地震前给我打过一个电话，说要去超市买些菜；她戴着厚厚的眼镜，她是一家工厂的会计；她姓安，安全的安，平安的安；那天她穿着米黄色的长裙，黑色平跟鞋……她问你们见过她吗？或者，听说过她？

没有人见过她。没有人听说过她。没有人能够为幸存者提供哪怕一点点有用的线索。

幸存者无力地靠着一面墙，无声地恸哭。

幸存者站得累了，坐下，深埋下头。是午后，不断有人从她身边走过去，然此时，她再也不敢将头抬起，将目光停留在那些人的脸上。她怕失望。怕绝望。怕哀伤。怕痛。她受不了那种深彻骨髓的痛苦。慢慢地，如同蚂蚁，千牙万齿，一点一点地，啃噬着皮肤，肌肉，血管，骨头，真真切切的痛苦，放大一百倍一千倍的痛苦，直达心脏。母亲真的不在了吧？母亲肯定不在了。也许，临死以前，母亲的手里，还紧紧地抓着她爱吃的西红柿吧？

幸存者坐得累了，倚着墙，慢慢躺下来。她在午后的阳光里睡着了，蜷缩着，如同一只可怜的流浪至此的猫。她看到了她的母亲。她清晰地看到了她的母亲。——只有在梦里，她才能够看到母亲。

梦里的母亲，也在到处寻找着她。

母亲说你们见过我的女儿吗？十七八岁，个子不高，却留了很长的头发；母亲说她语速很快，吐字却很清晰；母亲说她读着大学，可是那几天，她正好去震区参加一个演出；母亲说她戴了无框眼镜，她是学校的学生会干部；母亲说那天她穿着乳白色的连衣裙，白色平跟旅游鞋；母亲说这是她的照片，你们看看，你们有没有见过她，或者听说过她……

幸存者在阳光里醒来。醒来，呆怔十秒钟，泪水再一次夺眶而出。她没有看见自己的母亲。可是她看到了女人。女人站在不远处，站在帐篷外面。女人正焦灼不安地向身边的人问询。女人进入到她的梦里，却没有发现睡过去的她。女人的手里，紧攥着她女儿的照片。照片上的女孩清纯漂亮，像她一样年轻和健康……

幸存者站在原地，喊一声妈，然后，泪飞如雨……

遇难者

　　地震发生时，他和女人正隔着一张桌子吃饭。餐馆不大，加上错过就餐高峰，所以这时候，整个饭厅只有他们两人。其实应该是三个人吧，女人的怀里，还抱着一个胖墩墩粉嘟嘟的婴儿。有时女人会将一匙蛋汤小心地吹凉，小心地放唇边试试，再小心地喂给怀里的孩子。下午的阳光静静地流淌进来，为女人的半边脸涂抹上灿烂的明黄。他轻轻地笑了。他想起一幅叫作《圣母》的油画。

　　所以，当房子突然间剧烈摇晃，男人的心思，仍然沉浸在那幅油画之中。清醒过来的第一件事是拉起女人，一起冲向门外。大地如同倾斜的甲板，城市好像在暴风雨里颠簸的脆弱易碎的小船。餐桌距离大街，不过十几步之遥，然在此时，却变得无比漫长，似乎永远没有尽头。

　　餐馆挤在一栋九层楼房的底层。大楼猛烈晃动几下，终如沙丘般垮塌。一块巨大的水泥板砸中他的肩膀，他只觉一阵眩晕，世界刹那间漆黑如墨。恍惚中他听到女人的尖叫和婴儿的啼哭。

他听到女人说，你没事吧，我的儿……

醒来时，肩膀钻心地痛。他被挤在一个极其狭小的缝隙，身体扭曲着，周围，厚厚的预制板，裸露的钢筋，凌乱的电线，呛人的粉尘……他摸出打火机，点燃。他轻轻地笑了。昏暗中他看到，那一对母子，安然无恙。

孩子睡得正香。似乎他对突如其来的灾难毫无察觉，不久前的啼哭，不过是恶作剧般的撒娇。他静静地躺在女人的怀里，鼻尖上，甚至渗出酣睡中细微的汗。女人深弯着腰，脑袋几乎碰触到脚尖。她的背上压着巨大的天花板，她的身体弓成可怕的不可思议的几近重叠的似乎随时可能折断的锐角。

然她的眼睛，却是睁着的，动着的。她看着近在咫尺的孩子，表情关切并且焦灼。他翻一个身，扯出被挤压的胳膊，拼命爬向女人。他只爬了一步。这样的空间，他只能够爬动一步。他伸出手，轻轻抚摸着熟睡中的婴儿。他问，你没事吧？

女人说我还活着……可是我好像撑不了太久……我喘不过气……心脏好像着了火……

他说你不用怕，会有人救我们出去的。

女人说我没怕……如果我先你死去，答应我，照顾好我的孩子……一定要让他，熬过这场劫……

他急忙说，不要乱说。他碰触到女人的手，那只手，似乎正在慢慢变冷。

他们与世界，彻底失去了联系。他能够感觉到气温的变化，他知道距离他们被埋，已经过去了整整一天。女人仍然保持着随时可能折断的姿势，可是，她却挣扎着解开衣扣，将饱满的乳头，塞进时时醒来的孩子的嘴里。没有水。没有食物。只有瓦砾与尘埃，碎石与黑暗。女人就像一朵即将干枯的花儿，她的孩子，正在吮吸着她的最后一滴生命之泉……

每隔一段时间，他都会轻唤女人。一开始女人还能应答，可是渐渐地，她的应答声就小了下来。后来他在恍惚中被女人叫醒，她说她见到了烛光……一大片一大片的烛光，金黄色的，跳跃着，忽远忽近，在旷野上，在隧道里，在空气中。她说她好热，她要烧成炭了。她说她好冷，她的血管里，肯定结了冰。

她的声音越来越小，越来越小……他探身抓她的手，那手，已经没有了一丝温度……

可是她的孩子，依然安静地睡在她的怀里。睡梦中，他的嘴，仍然贪婪地衔着母亲的乳头。

他不忍惊扰他。他必须惊扰他。

他小心翼翼地将他抱起，用手端着，就像端着一件易碎的瓷器。孩子被惊醒，慌乱地寻着母亲的乳头，胖胖的小胳膊胡乱地挥舞。他含着泪哄他，他不依——他感觉到不安的陌生。他说，不要哭。他却哭得更加厉害。他说，我们马上就能出去。可是孩子听得懂吗？甚至，他能够让臂弯里的孩子，重新见到阳光吗？他已经没有了信心。

第三天。臂弯里的孩子，已经哭哑了嗓子。其实，即使在正常环境里，他也肯定不能照顾好一个孩子——他只有二十二岁，他其实，也是一个孩子。

第四天。臂弯里的孩子，已经没有了声音。他点亮打火机，看他的眼睛，看他的鼻子，看他的嘴巴和耳朵。孩子离他越来越远，越来越近，孩子变得模糊，又变得清晰。他想自己也支撑不了太久吧？他没有一丝力气，他似乎总在做梦。梦里他看到了水，看到了食物，看到了花草，看到了阳光，看到了长长的隧道，看到了土灰色的旷野，看到了女人。女人说，帮我照顾好他……

醒来。冷。彻骨的冷。刺骨的冷。每一块骨头，都冻成了坚冰。

他摸到一块碎玻璃。他咬着牙，割断了自己的血管。滚烫的鲜血流淌出来，汇在手心，一滴一滴落进孩子张开的嘴巴。孩子的嘴巴动了起来，发出啧啧的声响。他笑了。一滴泪，跌成无数瓣。

第五天。他再一次割断了自己的血管。他拼尽了全身的力气，他感觉细的血管如同钢丝一般坚硬。那是他的生命之泉。那是孩子的生命之泉。如同地下的水系，女人的乳汁。他感觉自己慢慢枯萎，身体一点一点变轻。他笑着，喊一声娘，手上加了力气。鲜血喷涌而出。他看到满天的烛光。

第六天。救援队员们，终于挖开了这片废墟。他们看到，一位健康的婴儿，冲着阳光，挥舞起他的拳头。

救援报告，却只有短短一句：

现场挖出一个婴儿和一对夫妻。婴儿体征良好，夫妻双双遇难……

职　责

　　深夜的小镇医院，送来两位急诊病人。两个人浑身是血，全都处于昏迷。他们的身上布满刀伤，据说两个人曾经进行过一场殊死搏斗。凭医生多年的经验，他知道，现在两个人都有可能随时死去。小镇医院条件有限，另一位医生此时正在进行一场漫长的手术，能给他们以救助的，只剩下他。医生想了想，招呼几位护士，然后将其中一位，推进了手术室。

　　这个人得救了，而等在手术室外面的那个人，却最终没能被救活。——他被耽搁的时间太久。

　　医生的行为，受到很多人的不解、反感、谴责、抨击甚至谩骂。只因为，他救活的那个人，是一位潜逃至此的杀人犯；而死去的那个人，是当地一位口碑很好的警察。

　　还因为，那位警察，是医生的儿子。

　　这当然是一则爆炸性的新闻：杀人犯逃到小镇，却遇到正在休假的警察……他们进行了一场你死我活的搏斗……警察的父亲救活了杀人犯……他的儿子却永远不能够醒来……

那名杀人犯在某一个夜里，杀掉了三个人。现在那些人的亲属找到了医院，找到了医生。他们在他面前破口大骂，大哭大闹，情绪几度失控。甚至有人冲上前去，狠狠地抽着医生的耳光。他们说你是一个畜生，你不配做医生，更不配做父亲。

还有他的妻子。他的妻子也这样说。

还有他的亲戚，他的朋友，他的同学，他的邻居，甚至，他的同事。几乎所有人都这样说。

没有人理解他。

从道义上讲，当一名罪犯和一位警察同样生命垂危，那么，首先得到救助的，当然应该是警察；从情感上讲，当一位陌生人和自己的儿子同样面临生命危险，那么，第一个进手术室的，也当然应该是自己的儿子；从结果上讲，尽管医生将那名罪犯救活，可是没有任何用处。因为他罪孽深重，等待他的，只有被判处死刑。

他不是英雄。尽管他失去了自己的儿子。

后来，电视台采访了他。那天，那时，整个小镇，万人空巷。

主持人问他，当时，您知道自己在做什么吗？

他说我知道。我很清醒。

主持人问他，那么您知道躺在你面前的人，一位是警察，一位是杀人犯吗？

他说我知道。但是在我这里，没有警察和罪犯，只有急需救助的人。

主持人问他，那么，您为什么会首先选择救助罪犯，而不能是自己的儿子？

　　他挺直了身子。他说因为在当时，首先救助的永远是最危急的病人，这是一名医生的职责。

骄傲的红薯

　　母亲很少去看她的儿子，近些日子尤为如此。有时在校门口匆匆见一面，母亲塞给儿子零食和钱，表情局促不安。母亲把话说得飞快，好好学习注意安全等等，却像背台词，千篇一律。然后母亲说，该回去了，做出欲走的样子。儿子说再聊一会儿吧。眼神却飘忽不定。母亲笑笑，转身，横穿了马路，走出不远，又躲在一棵树后面偷偷回头。她想再看一眼儿子，哪怕是背影。儿子却不见了。儿子像在逃离，逃离母亲的关切。

　　母亲很满足——一个读大学的儿子，高大英俊，学生会干部，有奖学金——还有什么不满足的呢？并且她知道，儿子正在偷偷恋爱。她曾远远地看过那姑娘一眼，瘦瘦高高，和儿子很是般配。她不知道儿子和姑娘在一起会聊些什么，但她想应该不会谈到自己。一个收废品的母亲，有什么好谈的呢？或者，就算谈起，她知道，儿子也会说谎。比如说她是退休干部，退休工人，等等。这没有什么不好，母亲想，既然她不能给儿子带来骄傲和荣耀，那么，就算儿子说她已经过世，她都不会计较。

她真的不会计较。她真的很满足。

可是今天她很想见儿子一面。其实每天她都想见儿子一面，今天，她有了充足的借口。老家人送她一小袋红薯，个头大皮儿薄，脆生生喜人。煮熟了，香甜的红瓤化成蜜，直接淌进咽喉。母亲挑几个大的，煮熟，装进保温桶，又在外面包了棉衣，然后骑上她的三轮车。儿子从小就爱吃红薯，一路上母亲偷偷地笑。她想应该叮嘱儿子给姑娘留两个，尽管城里满街都是烤红薯，可是不一样的。这是老家的红薯，有着别处所没有的香甜滑嫩。

是冬天，街上的积雪未及清理，就被车轮和行人轧实，变成光滑的冰面。家离学校约五公里，母亲顶风骑了将近一小时的车。雪还在下，母亲头顶白花花一片，分不清是白发还是雪花。她把三轮车在街角停下，然后抱着那个保温桶横穿过马路。她想万一在校门口遇到儿子，就说，是打出租车来的。想到马上就能见到儿子，母亲再一次偷偷地笑了。

所以，她没有注意到开过来的一辆轿车。

车子在冰面上滑行好几米才停下来。司机摁响了喇叭，母亲一惊，忙往旁边躲闪，却一个趔趄，然后滑倒。她慌慌张张爬起，未及站稳，又一次摔倒。

她的手里，仍然稳稳地抱着那个保温桶。

司机紧张地扶她起来，问她，你没事吧？母亲摇摇头说，没事。她的脸被一块露出冰面的玻璃碴划开一条口子，现在，已经流出了血。

司机吓坏了。他说我得陪你去医院看看。

母亲笑笑说，真的没事。

司机说可是你的脸在流血……

在流血吗？母亲变了表情。果然，汽车的反光镜里，她看到自己流血的脸。

我得陪你去医院看看。司机坚持着。

真的不用。母亲说，可是这样的脸，怎么去见我的儿子呢？

司机打开车门，把母亲往车里拉。母亲被他吓坏了，似乎比撞上汽车还要紧张。真的不用，她说，你忙你的吧！

司机看着母亲，好像除了脸上的伤口，她真的没事。司机只好说那我给你一些钱吧，一会儿你自己去医院看看。他掏出两百块钱，又掏出一张名片。这上面有我的电话，他说，如果钱不够，随时打电话给我。

母亲一只手抱着保温桶，一只手推搡着名片和钱。突然她停下来，认真地对司机说，你真的想帮我吗？如果你真的想帮我，那么，能不能请你，把这个保温桶转交给我的儿子……他在这个大学读书，他功课很好……

母亲指了指那座气派的教学楼，脸上露着骄傲的表情。

片刻后司机在校门口见到母亲的儿子。的确是一位英俊的男孩，又高又壮，穿宽大的毛衣和洒脱的牛仔裤。司机将保温桶递给男孩，说，你妈让我带给你的。

男孩说，哦。眼睛紧张地盯着校园里一条卵石小路。小路上站一位高高瘦瘦的长发女孩。

司机提醒他说，是煮红薯。你妈让你先吃一个……她说，还热着。

男孩突然想起一个问题，他问司机，她人呢？

司机说她不敢见你。

不敢见我？

她受伤了。

受伤了？

她摔倒了。她横穿公路，我的车开过来，她一紧张，滑倒了……脸被划破一条口子，流了血。她可能，怕你伤心……也可能，怕给你丢脸……她倒下的时候没用手扶地……她任凭身体跌上冰面，却用双手保护着这个保温桶……她嘱咐你现在就吃一个……她说，现在还热着……

司机掏出两百块钱，硬往男孩手里塞。

男孩愣愣地看着保温桶，慢慢将它打开。那里面，挤着四五个尚存温热的煮红薯。它们朴实，土气，甚至丑陋，可是它们香甜，温热，就像老家的乡亲，更像母亲。

司机拍拍男孩的肩膀，说，她还没走。顺着司机的手指，男孩看到了风雪中的母亲。她躲在一棵树的后面，偷偷往这边看。似乎儿子看到了母亲的笑容，似乎母亲发现了儿子的目光。母亲慌慌张张地上了三轮车，转一个弯，就不见了。母亲的头发，银白如雪。

男孩没有追上去。他知道母亲不会让他追上去，不想让他追上去。可是他已经决定，今晚，就回家看看母亲。他还会告诉女友，母亲并不是退休干部，她一直靠收废品供他读大学。她是一位伟大的母亲，她是他的骄傲。

我能为你做些什么

2004 年 9 月下旬，我接到一封信。是一封读者来信，不过是一堆溢美之词，并无特别之处。之所以对这封信有些印象，是因为，这封信寄自韩国。似乎是一位在韩国打工的年轻人，又似乎是一位在韩国定居的华人，无论看笔迹还是看语气，都感觉年龄不大。信握在手里，很轻，就像一片树叶。事实上那里面真的夹一枚干树叶，绿色，脆弱，手掌形，叶脉清晰。信在书桌上躺了一天，黄昏时我有了些空闲，想给他写一封简短的回信，却正好有朋友打电话约我小聚，那封信于是被扔进了抽屉。这一耽搁便是很久，直到 2005 年夏季，这封信才再一次被我翻出。

是一位搞集邮的朋友来访。朋友每隔一段时间就会过来一次，翻拣我废弃不要的信件，试图从里面找到有价值的邮票。大多时他都会空手而归——尽管我的信件很多，有价值的邮票却极少。可是那天，当朋友看到这封信，立刻发出一声兴奋的尖叫。他把信抓在手里，问我，信封还有用吗？

于是，这封信从记忆中再一次被翻出。

那个下午我放下手头的工作，为来信者写了一封简短且客气的回信。后来我认为那不过是一堆废话，无非是鼓励对方好好写作，坚持到底必有收获等等，和我的千百封回信没什么不同。信写完了，去邮局的路上，顺手在路边拾一片绿叶夹进信纸。那是我第一次给国外的朋友回复信件，却像例行公事一般，草草了事。

后来这件事终于被我彻底忘记。

直到 2006 年冬季，又一封信从韩国寄来。仍然是上一次的地址，仍然充满了太多溢美之词，仍然在信里夹一枚脉络清晰的绿叶。可是我还是注意到两封信的不同之处。其一是字迹不一样，显然是两个人所写；其二语气也不太一样——一封不长的信里，竟然用了十多个"谢谢您"。

事情似乎有些蹊跷。

正好那天没事，于是给他写了封回信。几句客套话之后，提出了我的疑惑。当然在信寄走以前，我不忘在信纸里夹一枚绿叶。满城都是花店，即使在冬天，寻找一片绿叶也并非难事。

一个月以后我再一次收到来自韩国的信。整整一个下午，我把那封信细细地读了三遍。——那封信背后的故事让我唏嘘不已。

正如我怀疑的那样，三封信并非出自一人之手。第一封信的确是一位年轻人所写，而写后两封信的，则是他的父亲。年轻人很小就跟随父亲去了韩国并入了韩国国籍，可是他非常喜欢中国文化，他的父亲说，家里的书架上，几乎摆满了中文读物。

从其中一本书里，年轻人认识并喜欢上我。确切说是认识并喜欢上我的文字。而在那时，年轻人已经身患绝症。

他问他的父亲，能不能给我写一封信——这之前他还从没有给陌生人写过信。父亲说当然可以。他说可是万一对方不回信呢？那多尴尬。父亲说不会的，他肯定会回信。在父亲的鼓励下，他开始写信。他没用打印机，他说那样不礼貌。他只用钢笔，先打一遍草稿，再在草稿上修改，改完了，再工工整整地抄一遍，然后从一本书里找一枚绿叶夹进去。他的父亲告诉我，其实那时候，他并不能够肯定我会回信，更不能够肯定自己的儿子能不能活到我给他们回信的那一天。他们直等了大半年，仍然没有等到回信。正当他们几乎不抱任何希望的时候，一封来自中国的信送到他们手中。

他的父亲告诉我，接到信的那一天，他的儿子心情非常好。尽管那时他已经极度虚弱，可是躺在病床上的他仍然在笑。然后，几天以后，他的儿子永远离开了人世。

为表示感谢，父亲模仿他的笔迹与口气给我回了封信。他不想让我知道自己儿子太多的事情，他试图隐瞒。他说为什么要让一个毫不相干的人来分担他的痛苦呢？更何况，我已经帮他、帮他的儿子太多太多。

可是我帮了他们什么呢？我想我也没有帮助他们什么。我只是给他的儿子回了一封简短的信。那封信字迹潦草，废话连篇。可就是这封信，给他，给他的儿子，带去了太多的快乐，并让他的儿子在人生最后的日子里，对另一个国家的一位素不相识的人，没有失望。

后来与他的父亲慢慢熟识，竟然通过几次电话。记得有一次我问他，假如我终未回那封信，你的儿子会恨我吗？

他说应该不会恨，不过他会很失望。他的儿子曾经听别人说，作家都是很高傲的，特别是中国的作家。他不信。不过如果你没有回信，那么，他不但会带着遗憾离去，并且，或许会真的认为中国的作家都是高傲并拒人于千里之外的。

年轻人叫金东会，男，23周岁，家住韩国仁川市，死于白血病。

那天放下电话，我竟然产生一种刀锋掠过头皮的感觉。假如那封信不是被我放进抽屉里而是随便扔掉，假如那位集邮的朋友没有来或者即使来了也没有见到那封信，假如那天我没有给他回信，那么，我伤害的绝不仅仅是一位韩籍华人，而是所有中国作家们的人品了。

我常常想作为一名文字工作者，究竟能够给这个世界带来什么。后来我想，也许带来什么不是关键，关键是别让这个世界失去什么。比如纯朴，比如认真，比如做人最基本的礼貌，等等。除此之外，如果你能为别人带来几个落于纸面的故事，带来哪怕一点点智慧的火花，带来哪怕一丝丝心灵的温暖，足够了。

即使做不到这些，那么，最起码，我们还能给远方一位喜欢你的陌生朋友，回一封简短的信。

Chapter

有爱一生暖

这辈子只要有你在，
不管生活如何艰辛，
我的心，都是暖的……

父辈的忌日

　　出生到死亡，只有两天与生命真正有关：一是生日，一是忌日。这是生命的两个端点，代表了起始和结束，中间是或漫长或短暂的过程——自生日起，自忌日止。或许还可以这样认为，忌日是死亡的生日，是阴间的生日，或者是天堂的生日。

　　一位忘年交朋友几年以前突然去世，我想当死去那一刻，连他自己都毫无防备。他留下写了一半的小说，画了一半的油画，剪了一半的盆景，以及交了一半的人寿保险。他有三个孩子，两个儿子一个女儿，全都在外地。他去世以后他们自然全都赶回来，却只能守着父亲冰冷的尸体抹一把眼泪。几小时以后他们的父亲变成一把清灰，伴着他们长长的哭泣。——世间万物皆是如此，孤寂或者热闹的旅程以后，终化为清灰或者尘埃——无神论者的生命，只有一次。

　　去年因在外省开会，没有赶上他的忌日。今年，推开一些琐事，终是去了。他的家在遥远的鲁西南乡下，那里有延绵的群山，有凹凸不平的村路，有敢把一条毒蛇握在手里的脏兮兮的孩子，有一座低矮的土包般的坟茔。朋友长眠地下，一把清灰代表他世间的全部。

那天，我见到了他的三个孩子。

小儿子从县城赶回来。他带着他的未婚妻，买了父亲最爱喝的酒，最爱抽的烟。他自己出钱为父亲出版了那本写了一半的小说，他说他相信父亲可以在那边将这部小说写完。他还说出版一部小说一直是父亲多年的愿望，今年，他终于帮父亲将这个愿望实现。他红着眼睛将酒洒到父亲坟前，又点上一支烟，恭恭敬敬地放在父亲坟头。那天阳光很毒。我看到那支烟无精打采地燃着，终于熄灭。

二女儿从省城赶回来。她带着她的丈夫和儿子，坐了整整一夜的火车。她说她必须赶在父亲忌日这天回来，她说她要赶回来看看她受了一辈子苦的老父亲。她带回来很多纸扎：房屋，汽车，电脑，手机，打印机，宠物狗……火车上禁止运输这些东西，我猜想这一路，她肯定受了很多苦。那些纸扎忧伤而又滑稽，却代表着她的全部希望。她哭起来了，她的眼泪将干燥的地面击起灰色的烟尘。

大儿子从北京赶回来。他用上了所有的交通工具：飞机，汽车，蹦蹦车。他带着他的女儿，他的女儿已经考上了大学。他带回来很多书，国内的，国外的，哲学的，文学的……那些书包装精美，价值不菲。他将那些书一本一本地烧掉，他说这些书可以陪伴父亲熬过那边的孤单的日子。他跟父亲说了很多话，从中午直到黄昏，一刻也没有停歇。那些话他以前或许跟父亲说过，或许没有说，可是现在，他希望他的每一句话，父亲都可以听到。

每个人都很忙，每个人都请了假。假是那样难请，他们几乎动用了所有的关系。他们请假，只为回来看看已故的父亲，看看隐在青山间的一座小小的土包，或者，仅仅是对于自己内心的一种交代。

我注意到他们的母亲没来。她将他们送到门口，就返回了院子。她杀了鸡，切了腊肉，将园子里的青椒、黄瓜和西红柿摘光，然后专心致志地为孩子们准备晚饭。她坐在小院里择菜洗菜，阳光安静地照在她的脸上，你绝对看不到她的悲伤。可是她怎么可能不悲伤呢？后来我知道，一年中的每一个月里，她都会去老伴的坟头，默默坐一会儿，然后默默离开。她在回忆他们在一起的大半生的日子吧？那些忙忙碌碌的，琐碎的，吵吵闹闹的，或者安安静静的日子。她的悲伤是连续的、散开的，而不是集中的、爆发的。我相信她会将这悲伤，一直持续到她死去。

然后，待孩子们归来，一家人围坐一起吃饭，忌日就过完了。就这么简单。

第二天，她仍然站到门口，送孩子们离开。她绝不远送，她知道送得再远，孩子们也是要回去的。他们有自己的生活。——他们生活在自己的生日与忌日之间，我们把这段过程叫作生命，叫作生存，叫作生活，一回事。

我跟她说您真有福气，三个孩子这样孝顺。她听了，淡淡一笑，说，可是老伴过生日时，他们却很少回来……他们在电话里说，祝老爸生日快乐，就完了。他们总是那样忙……

从她的眼神里我看不到任何不满，从她的语气里我听不到任何埋怨——这只是她对事实的一种复述。并且我相信，那时候，即使她的孩子们要回来，她和她的老伴也会加以阻止。他们忙。他们的事情远比父亲的生日重要。事实上生日真的并不重要。生命只有一次开始，那仅有的一次是你出生的那天，而不是你生日的那天。同样的道理，忌日也并不重要。生命只有一次结束，那仅有的一次是你死去的那天，而不是你忌日的那天。"过"生日和"过"忌日，不过是世人对于自己或者对于他人的一种仪式，甚至，一种形式。

可是我知道的是，生日是快乐的，忌日是忧伤的。你可以祝他们生日快乐，他们听得到，感受得到，触摸得到，他们笑着，喝着酒，讲着往事，吹了蜡烛，脸上抹满奶油，哼着歌，打着饱嗝，他们会在心里说，哦，又过生日了。你们面对面坐着，你们可以愉快地交流。

可是忌日呢？你能祝他们什么呢？或许他们真的可以听得到——或许这仅仅是我们的一厢情愿——就算他们真的可以听得到，又能如何呢？你们面对面坐着，可是你所面对的，不过是一把清灰，或者是一个长满杂草的土包。你们的交流，不过是你的自言自语。你又能干什么呢？

说说你的生命吧！它自生日开始，自忌日终止，中间，被切成很多个片断。切开一个个片断的是每一年的生日，是你来到这个世界的纪念日。那么这一天，你最需要感谢的人是谁？

当然，是你的父母。

是一尊雕塑

男人站在很小的广场上，广场上人流如织。他的浑身上下涂满了白色的油彩，他摆出或庄重或滑稽的造型，一动不动。他将自己装扮成一尊雕塑，一尊供行人驻足观赏或者匆匆一瞥的雕塑。他的身边放一个敞口的陶瓷花瓶，那里面散落着几张行人投掷进去的零钞。他说他在工作。他的工作方式让我感到新奇。

和他聊过天。每隔一段时间，或一小时，或两小时，他都会坐到旁边的石凳上休息，抽一根烟，或者喝两口水。我问他别人能接受您的这种行为方式吗？——毕竟这里不是欧美。他说肯定有人接受不了，但肯定有人喜欢。他指指不远处的那个花瓶，骄傲地说，我的工作不是无偿的，我靠它来糊口。我小心地问他，您的身体，有什么不便吗？他说没有。我身体很棒，一口气能做五十多个俯卧撑。我说似乎您站在那里一动不动，并不轻松。他说岂止是不轻松，是非常累。我说那为什么不试试换个别的工作？他说为什么要换别的工作？这工作难道不好吗？那天，当我发现这广场上似乎缺少一尊雕塑，我就站在这里了。我可能是这个城市里最有成就感的人——只有我才敢扮成雕塑,我是城市的唯一。他喝了两口水,告诉我,他要继续工作了。然后他站起来,继续扮成雕塑。

他的收入并不多。很多人认为他的行为是免费欣赏的,不必为他支付酬劳。他也不要,只管一动不动地站在那里。也曾提醒过他,说您可以提醒别人付给您钱。他笑笑说,您见过张嘴说话的雕塑吗?我说那您可以做一个小的提示牌,放在花瓶旁边。他很不高兴地说,我又不是乞丐。

我弄不懂他的意思。他自认为在工作,又并不要求别人必须支付他酬劳。他说他不是乞丐,那么难道他是艺术家吗?我只知道在夏天里,常常有人躲到他的阴暗里,以避开毒辣的阳光。事实上很多时候,他仅仅为别人充当了一把遮阳伞。——也许躲在他影子里的那些人,真把他当成了一尊不会疲倦的城市雕塑。

可是后来,那个小广场真的多了一个雕塑。是真正的雕塑,真人一般大小,伫立在广场的中央。那么他,似乎是多余的了。

那几天他变得垂头丧气,神情很是落寞。我陪他喝酒。两个人坐在石凳上,一包花生米,几罐啤酒。我说您还可以重新找个地方,比如公园,比如码头,比如超市门前,比如别的广场……他说不行,那样不协调。我问什么不协调?他认真地说,我和背景不协调,文化内涵上的不协调。我笑。我说有这么严重吗?我没敢多说。我想他把自己看得过高过重了,这远远超过事实。他扮成一尊雕塑,还要考虑雕塑与背景的搭配,还要考虑城市文化的相互协调,显然,这太过认真,认真得近似于神经质。事实上,我想，不管他如何努力，他的行为也是乞讨或者接近于乞讨。那不过是一种文明的或者文雅的乞讨方式而已。我想那并不是真正的艺术。

几天后他就重新开始了工作。仍然是那个小广场，仍然在身上涂满白色的油彩，仍然扮成一尊雕塑。他充分利用了那尊真正的雕塑。那雕塑真人一样大小，那雕塑手持一把宝剑。有时他也会手持一把宝剑，扮成与雕塑对决的剑客；有时他会手捧一个剑鞘，扮作雕塑的徒弟或者仆人；甚至，有一天，他蜷曲双腿躺在地上，扮成被雕塑杀掉的敌手。他与雕塑浑然天成，真假难辨。——他其实也是一尊雕塑。

他的收入似乎比以前多。我想这是对一尊敬业雕塑的最好奖赏。

那天我请他喝酒。还坐在那个石凳上，还是一包花生米和几罐啤酒。是正午，我记得阳光很毒。我说您近来收入不错。他说是这样。不过那些钱，我只能拿走一半。问他为什么只能拿走一半，他说，另外一半，想上交市容部门——他们是城市雕塑的拥有者。我说谁规定的？他说没有人规定，可是必须这样。您想，我们两尊雕塑赚下的钱，岂能由我一个人独吞？不管他们接不接受，我都会把钱分出一半给他们。把钱给了他们，我才心安。我说你也太认真了吧。他喝下一口酒。他说，您不懂。

我当然不懂。我搞不明白他为什么这样固执。他的行为甚至带有一些自虐的色彩。可是现在，我知道，他已经不再是乞丐。——其实他以前也不是。——只不过，我，以及城市里大多数人，自以为是地把他当成一名乞丐。

问他留下的那一半钱够不够花。他满意地说，够了……我还有一个读大学的儿子，我还得为他赚学费。我问他的学费全部靠您吗？他说是……我是离过婚的。问他，您儿子同意你以这种方式赚钱吗？他苦笑。他说，当然不同意。他不仅仅是怕我辛苦，还因为，在他看来，我的行为是怪异和荒诞的，是令他感到羞愧不安的……他甚至偷藏过我的油彩。我说那您还要做？他说，要做。因为他是我的儿子。因为我的儿子在读大学。因为读大学是要花钱的。

我们很长时间没有说话。他脸上的油彩几乎全部被汗水冲掉。他开始为自己补妆。他一边往脸上抹着油彩一边说，总有一天他会懂我的，就像您懂我一样。然后他站起来，他说中午我想加加班。他要开学了，需要很多钱……

我想我愧对他的夸奖。因为我曾经把他当成一位乞丐。还因为我其实并不懂他。我永远无法深入他的内心，或许也永远无法理解他的行为。现在我只知道他是一尊雕塑。而这尊雕塑，对我们来说，似乎可有可无。——不管他把自己看得有多重要。

今天他扮成一位帝王。那尊真正的雕塑成为他的护卫。一位娇小美丽的姑娘缩在他的影子里，急急地往脸上扑着香粉。他站在那里，高傲着表情，一动不动。他为姑娘遮挡了阳光，却无人为他擦一把汗水……

在痛苦的深处微笑

父亲驾驶着货车，在一条陌生且偏僻的土路上奔驰。突然货车扭起了秧歌，几近失控。他狠狠地踩下刹车，避免了一场可怕的灾难。他对六岁的儿子说，坐在车上别动，我下去看一下。

汽车停下的位置，是一个斜缓的下坡。父亲钻到货车下，仔细检查他的车。正午的太阳高悬在空，坑坑洼洼的土路上没有任何过往的车辆和行人。儿子在驾驶室里唱起快乐的歌。父亲轻轻地笑了。他握住扳手的手加大了力气。

突然，毫无征兆地，汽车滑动了一下。男人永远不会知道汽车为什么会突然滑动。是刹车突然失灵，还是驾驶室里的儿子扳动了刹车。似乎汽车在他头顶快速地驶过去，然后猛地一颤，就停下了。儿子的歌声戛然而止。那一瞬间，巨大的痛苦让父亲几近昏厥。

他仍然躺在车底下。凭经验，他知道，是一块凸起的石头阻挡了滚动的车轮。

父亲想爬出去，可是他的身体根本动不了。他感到一种几乎令他无法忍受的剧痛。他不能够辨别这剧痛来自身体的哪个部位，更不知道在那一刹那，车轮是从他的胸膛上还是两腿上轧过去的。那一刻他只想到了自己的儿子。他高喊着儿子的名字，他说你没事吧？

儿子推开车门，跳下来。他说我没事，我不知道汽车怎么突然动了。

父亲朝儿子微笑。他说你没事就好。你把电话拿给我。

儿子说你要电话干什么？你怎么不起来？

父亲说我累了，我想躺在这里休息一会儿。你把电话找给我，我给妈妈打个电话。疼痛在一点一点地加剧，如果不是儿子在场，他想，他或许会痛苦地大叫起来。可是现在，他只能微笑地面对自己的儿子。

儿子取来了电话，他拨通了急救电话。可是他根本无法讲清楚他所处的准确地点。他不知道急救车什么时间能够抵达这里，更不知道，他还能不能挨过这段漫长的时间。

接着他拨通了妻子的电话。她问你还好吗？他说还好，我们现在正在休息。她问小家伙好吗？他说好，在旁边呢。然后他扭过头，冲蹲在不远处的儿子挤挤眼睛。她说那就好，早点回来，想你们了。他听到她在几千公里外轻吻了他，然后挂断了电话。他笑着对儿子说，你就蹲在这里，别回到汽车里去。——他不敢肯定，汽车会不会再一次滑行。

儿子有些不太愿意。他说天太热了，我不喜欢蹲在这里。你还没把车修好吗？

他朝儿子微笑。他说还得等一会儿，并且，我还没有休息好。这样，现在我们做一个游戏。我们朝对方微笑，看谁先支持不住。记住，只能微笑。父亲盯着他的儿子，微笑的表情似乎凝固。只有他知道，此时，他在经受着怎样一种天崩地裂的剧痛。

儿子对游戏产生了兴趣。他坐在地上，学着父亲的样子微笑。后来他困了，眼皮不停地打架。终于，他躺在地上睡着了。

很长时间后他醒过来。他看到手忙脚乱的人群。他看到很多人喊着号子，掀开了货车，将脸色苍白的父亲抬上了急救车。父亲看着他，仍然是微笑的表情。

父亲保住了性命，却永远失去了两条腿。可是他没有失去微笑。微笑像阳光一样在地上流淌，让人踏实，充满安全感。后来儿子长大了，一个人漂泊在外，有了女朋友，结了婚，也有了儿子。很长的一段时间里，他的生活动荡不安。他身心疲惫，一个人承受着太多的艰辛和痛苦。可是，当面对自己的朋友，面对自己的妻儿，他总是深埋起所有痛苦，而在脸上，挂了和父亲一样的微笑。

他微笑着说，这是很多年前，我那面对灾难的父亲，留给我的所有表情。

是的。微笑不是父亲的唯一表情，但无疑，微笑是所有父亲最重要的表情。在痛苦的深处微笑，那是爱和责任。

无限延期的惩罚

小学一年级的时候，有一天，我把一只毛毛虫塞进一位女同学的后脖领。女同学猛然受到惊吓，原地蹦两下以后，竟开始围着课桌转圈。于是慌乱之中，她扭伤了左脚。整整一个下午，扯开嗓子号。

理所当然，她的家长找上了门。我记得父亲红着脸给他们道歉，父亲说，你放心，我不会轻饶了这小子！

每一次闯祸，回到家，父亲迎接我的，都是一把上下翻飞的笤帚。我想这次，那把笤帚，一定会让我的屁股皮开肉绽。

女同学的家长走后，父亲把胆战心惊的我叫到身边。他说你知道自己做了什么事吗？我说知道。他说你知道我会怎样惩罚你吗？我说知道。父亲就挥了挥那把笤帚，他说你先去做作业去，等吃完饭，我再收拾你！

心神不宁地吃完晚饭，我蹑手蹑脚地往自己的房间里钻。父亲拦住我，他说你躲什么，怕挨揍？我说是。父亲说那我今天不揍你了，正好我也有些累，等明天吃完晚饭再补上！说完，他又一次挥动了那把笤帚。

第二天整整一天，我过得很不安稳。我开始后悔自己为什么要搞那样的恶作剧。这很奇怪。以前，哪怕屁股还在火辣辣地痛，我也不会对自己的所为产生哪怕丝毫的悔恨。父亲落在我屁股上的笤帚，甚至让我有了英雄般的感觉。而这次，父亲不过把一顿暴揍延迟了一天，却让年幼的我，产生出几许愧疚。

尽管那些愧疚，更多地来自于我对皮肉之苦的恐惧。

晚饭后，父亲仍然没有揍我，他好像忘记了要揍我这件事，这让我窃喜不已。可是三天后，当我以为一切都已经过去，父亲却突然对我说，还记得我要揍你吗？我紧张地说记得。我知道这个惩罚终于还是没能逃得过去。想不到父亲说记得就好，我还以为你忘记了。然后他摆摆手，让我去睡觉。

必须承认，一个不知何时会突然降临的惩罚，对那时的我，无异于一场折磨。有时我甚至希望父亲马上揍我一顿，我想那样的话，我就轻松了。既然惩罚已经过去，那么我还可以搞恶作剧，还可以把一只毛毛虫，塞进某位女同学的脖领。

可是父亲却将惩罚遥遥无期地拖了下去。每当我要忘记时，他就会适时地提醒我，让我再一次紧张无比。而每一次，他都会摆摆手让我做别的事去。这种缓期执行的做法，让我从此小心翼翼，不敢做任何错事。

多年后父亲说，知道当时为什么不揍你一顿吗？我问为什么。父亲说，因为你上学了，长大了。你长大了，我就不能用对待小孩子的方式对待你。不过，错误是你犯下的，你当然要受到惩罚。这个惩罚，就是我把你最害怕的惩罚，无限期地在你的心中拖延，让你时时后悔，时时愧疚。你想，这是不是比揍你一顿管用？不过……说到这里父亲笑了，他摸摸身边的笤帚。他的动作让我再一次胆战心惊。

即使现在，有时我和年迈的父亲吃饭，也会突然担心起来。我想，会不会有一天，父亲突然对我说，昨天你又犯了错误，来，两罪并罚，撅起屁股！然后，抄起那个笤帚……

看来，让一个犯错的人心生愧疚，远比让他皮开肉绽，要好很多。

爱的回报

那段时间她常常想到死。生活突然变得黯淡无光，没有一丝希望。一场突来的车祸让她的两条腿完全失去知觉，她只能每天躺在床上，两眼呆呆地望着天花板。母亲送来的饭菜被她全部掀翻在地，她说我不要吃饭，我死了算了！她把所有的烦躁都发泄到母亲身上。母亲成了她的出气筒。

母亲含着泪花，把打碎的盘子捡起来，默默为她再做一次饭，再端过来。她再掀翻。母亲再做。整个过程，母亲不说一句话。

半年后她的心情稍稍好了一些。她知道生活还得继续。可是怎么继续，仍然充满惶恐。躺在床上的她开始听收音机，从醒来就开始听，一直听到再一次睡去。听收音机成了她唯一的乐趣。后来母亲为她买了耳机，这让躺在床上的她更舒服一些。

那天她听到一档交友节目。无所事事的她拨过去一个电话，留下家里的电话号码。电话就放在她的床前，是母亲在她出事后挪过来的。以前母亲常劝她没事给自己的朋友打个电话，这样的话，心情可能会变得好一些。可那时，她几乎一整天不说一句话，更不会打什么电话。她不知道今天为什么要打这个电话，是因为太过无聊，还是她的确需要一位倾诉的对象。那时母亲坐在她的身边，母亲小心翼翼地说，有什么跟我说不好吗？她笑笑。有些话为什么不能跟母亲说呢？她也不知道。

那天晚上她果真接到一位陌生女孩的电话。那女孩记住了她在节目里留下的电话号码。她们聊的时间不长，却是她自瘫痪以来说话最多的一次。第二天女孩再一次打电话过来，她们就像熟识多年的老朋友。女孩向她倾诉心中的苦闷，说自己不漂亮，没有男孩子追，声音很是伤感。那天她在电话里开导了女孩很长时间，直到女孩的声音重新变得明快。那天她很开心，饭吃得也多。母亲问今天有什么开心的事吗？她说没有没有。这算一件开心的事吗？好像，不过是对无聊生活的调节而已。它改变不了自己的现在，以及将来。

可是她想错了。因为那档节目，不断有交友电话打过来。每天的电话会占去她大半天时间，她变得忙碌起来。熟了，成为朋友，电话那端的人就会向她倾诉心中的苦闷，每到这时她就会一点一点地开导他们。一开始，她的开导毫无章法，甚至连她自己也说服不了。可是慢慢地，她发现自己的口才越来越好，她的劝说和指导也变得条理清楚，无懈可击。一次母亲听完她一个电话，说，你完全可以成为心理指导方面的专家了。她说真的吗？母亲说当然是真的……你试着写一本有关心理方面的书，如何？

于是她开始写那本书。她趴在床上，写得很艰难。其实她对这本书并不抱多大希望，她不过想证明自己能够写出这样一本书，至于能不能出版，反倒无所谓了。

写作的过程远比想象中艰难百倍。打给她的电话越来越多，有些是她未曾谋面的那些朋友，有些是朋友的朋友。她知道自己停不下来，好像，她已经成为小城的名人，成为一位可以给别人解除心里烦闷的医生。她不得不买来很多专业书籍，一边学习一边写她的书。两年后那本书终于写成，在母亲的帮助下，她联系到一家出版社。结果那本书得以顺利出版，她得到很大一笔稿酬。

她手捧散发着墨香的书，泣不成声。她想她终于找到了存在的价值，她坚信自己是世界上最幸福的人——尽管，她仍然站不起来。她想一直以来，并不是她在帮助别人，而是别人在帮助她。她对母亲说，她想在家里搞一个聚会，请来所有给她打过电话的人，她要当面向他们致谢。因为，假如没有他们，她可能仍然生活在孤寂和绝望之中，一辈子，都找不到自己的位置。

母亲沉默了很久，然后向她道出了实情。母亲说其实一开始，给你打电话的那些人，都是我的同事和朋友。是我一家一家敲开他们的门，让他们打电话给你。我知道死板的开导对你没有任何用处，所以只能换一种做法，让你去开导他们。那时不过想让你重新振作起来，我并没有料到你会在这方面有所作为。你当然应该好好感谢他们，但是，你还应该感谢你自己。因为你对他们付出了太多的关怀，并在这其中得到太多的快乐。现在的成绩，不过是这种关怀的最好回报。记住，所有的关怀其实都是一种爱，而所有的爱，都是有回报的——包括对任何一位陌生人。

可是为什么一直有这么多电话？她仍然不解。

因为你后来真正做出了成绩。母亲说，一开始的确是别人在帮助你，可是后来，就变成了你在帮助别人。你的电话帮助很多人解除了心里的苦闷，一传十、十传百，你就赢得了更多人的信任。因为他们的信任，你停不下来，只能不断地学习，终有今天的成绩。事实上这个成绩，是爱的无限放大，别人给你的爱以及你给别人的爱。

那一刻她泪流满面。她想，她第一个要感谢的，应该是一直被她当成出气筒的母亲啊！

她没有停下来，一连出了好几本有关心理的书。后来她不仅成为小城名人，还成为一位很有名气的心理学专家。每天她都过得充实和快乐，可是，她的母亲却不能和她分享这份快乐了。在她第一本书出版后不久，因为一场重病，母亲永远离她而去。

她常常被一些高校邀去讲课。无论去哪里，她的前两句话总是固定不变。她说，不管有没有感觉到，请你坚信，你的痛苦就是母亲的痛苦，你的快乐就是母亲的快乐，你的成功就是母亲的成功。可是母亲可能没有时间来分享你成功的喜悦。所以，从现在开始，爱她们吧。

她接着说，还请你坚信，你帮助别人的同时，等于帮助了自己——因为所有的爱，都是有回报的。它会被无限放大。

然后，她才开始讲课。

山村交通岗

　　山村悬垂在山腰,不过散落着二百多户人家。可是你相信吗,这么偏远的山村,竟然在村里唯一的十字路口,伫立了一个交通岗。

　　两条土路交叉,把村子划成大小不一的四块。交通岗从土路的交叉处生长出来,显出愣生生的突兀。那交通岗和城里马路上的没什么两样,甚至因了黯败背景的对比,比城里的更为光鲜和威武。

　　去山村采风,那个交通岗一下吸引了我。刚下过雨,洗刷一新的交通岗和坑坑洼洼积着污水的土路,呈现着一种极不协调的怪异。山村突现的交通岗已经让我惊讶不已,更令我吃惊的是,在那里,竟然站着一位交通警察!他正以最标准的姿势站立,一丝不苟地指挥着并不存在的车水马龙。他左转身,平举手……右转身,口中的哨子响起……

　　不过稍一细看,那警察却并不是警察。尽管他的衣服和警服有些接近,但无论颜色还是款式,都和真正的警服,有着很明显的相异。雨后的阳光一点一点加强着烘烤的力度,直射着暴露在交通岗外的他。慢慢地，他脸上的汗滴，汇成流淌的河。

　　那是一位二十多岁的小伙子，模样很憨，有点像《天下无贼》里的傻根。

　　好像他已经在这里站了很长时间，可是我注意他的漫长时间里，那个十字路口，始终没有经过一位行人，一辆自行车，一辆马车，一台手扶拖拉机……终于，有人来了，却并不是路人。那是一位身体佝偻的老人。老人径直走向交通岗，递给站得笔直的警察一个破旧的军用水壶。我见到那警察啪地一个敬礼，然后接过水壶，咕咚咕咚地喝着水，仿佛已经渴到极限……

　　我追上急欲离开的老人，问他，那警察是谁？老人说，我儿子。我问他，怎么会在这里有一个交通岗？老人弄清我的身份后，长叹一声。他说，去我家说吧。

　　老人的家，就在十字路口的旁边。敞着门，就可以看到那个交通岗。我坐在老人的院子里喝茶，一边看那个年轻人独角戏般地指挥交通，一边听老人给我讲这个几近离奇的故事。

　　老人告诉我，他的儿子特别聪明，上小学上中学上大学，成绩都是名列前茅。儿子的理想是当一名交通警察，能够站在城市的十字路口，指挥着过往的车辆和行人。大学毕业后，他被县交警大队顺利录取。可就在等待去交警队报到的前几天，为采一朵蘑菇，他从村后的山坡滚了下去。他在医院躺了整整半个月才醒过来，命倒是保住了，人却摔傻了。他几乎忘记了所有的事情，甚至有一段时间，他竟然不认识自己的父母，却唯独，没有忘记自己已经被县交警大队录取。每天他都会站在村头，像一位真正的交通警察那样，吹响一只哨子。

于是你要在门口给他立一个交通岗，让他相信自己就是站在县城的马路上？我问。

是的。老人说，好像只有这样，才能够带给他平静和快乐。我听医院的大夫说，让他平静快乐地过好每一天，或许以后的某一天，他才会忆起以前的事情，甚至说不定，还会恢复成原来的样子。那样的话，也许他还真能去交警队上班，当一名真正的警察呢。

老实说那天我并没有太多的感动。对老人和他的儿子来说，这当然是一幕悲剧。可是类似这样的悲剧，世间不是每天都在上演吗？到处采风的我，这类事见得多了，也就有些麻木。至于那个虚假的交通岗，就更接近于闹剧了。我想，当劳作一天的村人扛着农具从这里经过，面对一个手舞足蹈的小伙子，他们脸上，将会是怎样一副嘲笑的表情？

可是我想错了。我看轻和玷污了那些村人。那天，黄昏时，那个十字路口的村人突然多了起来。当三三两两的行人、自行车、马车、手扶拖拉机经过那个交通岗时，我看到，他们竟顺从地听任那位交通警察的指挥。他们有秩序地停下，等待，看交警的手势，然后快速通过。仿佛，那儿真的是一个拥挤的十字路口；面前的小伙子，真的是一位名副其实的交通警察。

那一刻我被深深打动。后来我一直确信，在那个偏远的山村，无疑有世界上最伟大的交警，最伟大的父亲，最伟大的村人，以及人世间最伟大的理解和爱。

不要怕

　　女人拐过墙角，电梯门即将关合。女人喊一声稍等，提了长裙，小跑起来。她看到电梯里伸出一只手，为她轻挡即拢的门。那只手很白很胖，五指粗短——那是一只中年男人的手。

　　女人冲男人笑笑，表示感谢，随即按下六楼的按钮。男人耸耸肩膀，说，我也去六楼。男人又矮又胖，肥硕的身子将花格子衬衣撑得饱满，如同肥肉搓成的硕大的丸子。他直直地盯着面前的女人，目光里似乎带几分讨好女人的猥琐。女人心中打一个寒战，突然后悔自己晕头晕脑地撞进来。她不喜欢又矮又胖的男人，更不喜欢男人这样盯住自己。女人叠抱双臂，盯住一路攀升的指示灯，感觉浑身不自在。

　　是一个很大的药品超市，女人要去六楼买些家备药。是春日午后，超市里人不多，店员们恹恹欲睡，保安们早已不知去向。电梯中光线昏暗，女人用余光打量着丑陋的男人。男人有着硕大的脑袋和粗短的脖子，他的脑袋不是长在肩膀上而是坐在肩膀上的。女人想男人是做什么的呢？奸商？单位领导？小车司机？酒楼厨师？——脑袋大脖子粗，不是大款就是伙夫。

买药？男人盯着女人，没话找话。

嗯。声音从鼻子里挤出。女人紧抱双臂，眼睛瞅着指示灯。三楼。

病了？男人不识时务。

嗯。声音继续从鼻子里发出来。女人扭过身子，背冲男人。她不想与男人再说一句话。她只想电梯快些升到六楼。

四楼。五楼。五楼半。

突然女人发出长长一声尖叫。

电梯猛然颠簸，像遇上冷气流的飞机，然后，整个世界霎时漆黑一片。女人的尖叫声至少持续了半分钟，也许她的每一根发丝都直立起来。尖叫声在逼仄狭小的电梯里撞碰反弹，又分出叉儿，如千万支利箭遍扎女人，让女人恐惧递增。女人撕心裂肺地喊，救命啊——

黑暗里的男人说，别喊！

女人大声喊，你想干什么？——救命啊！声音尖锐刺耳。她往角落里缩。可是她只碰到冰冷的铁壁。

男人说你先别喊，别喊。不要怕……我发誓电梯不是我搞坏的……我猜是哪里出了故障吧？不像停电。停电不会猛然一颤……

女人的尖叫声终于停止。她知道电梯被卡在五楼和六楼之间。她知道近在咫尺的黑暗里站着一位又矮又胖的男人。女人想说服自己平静下来，可是她心跳得更加厉害。

我怎么办？女人像在自言自语。

男人在黑暗里笑了。他说你应该问我们怎么办。话音刚落，电梯里嚓地亮起来。女人看到男人举着一个打火机，男人的脸在微弱的火光中一闪一闪，虽然笑着，却有些阴森。

我要出去！女人抹一抹吓出来的眼泪。

我也想出去。男人笑笑说，可是你认为我们出得去吗？

那我们怎么办？这次女人换成了"我们"。

不怕。男人说，就算是电梯故障，一会儿他们也能修好……我保证咱们不会被困超过半小时。顿了顿，男人又说，你可以抓住我的手。

女人下意识地缩缩身子。不用，她急忙说，你别关掉打火机就行……

男人偏偏关掉了打火机。男人说别再叫……千万别再叫……时间太长打火机会炸掉的……这只是一次性打火机，你以为这是奥运火炬？

男人并不幽默。事实上这种时候，任何幽默对女人都无济于事。突然停下的电梯，突如其来的黑暗，黑暗里的男人，男人的眼睛，都有着几乎令她崩溃的恐惧。

打火机再一次点燃，男人的脸再一次在火光里笑起来。我是和妻子来这里的。他说，逛街逛到这里，顺便上来买点药……她走累了，等在一楼……幸好她没有跟我上来。

女人不说话。

男人说我外套还在她手上呢……天太热……不然我穿这样一

件花哨的衬衣满街滚，别人还以为跑出来一只长了花纹的猪……

女人仍然不说话。没话找话的男人，并不能让她放松。

男人又一次把打火机关掉。一会儿，火光又一次亮起来。

你真的不用怕。男人说，我们在电梯里，不是在飞机上；我们在超市里，不是在万里高空；你面对的是一位善良的好市民，不是一个暴徒或者一只狗熊；外面有很多人，不是只有云彩和闪电……

女人勉强笑笑。那笑真的如同闪电，转瞬即逝。

男人擦一把汗，松开领口的纽扣。你喝水吗？他晃晃手里的矿泉水。

女人摇头。

男人喝两口水，再擦一把汗。知道吗？他说，我妻子不随我上来，不仅因为她累了，还因为刚才我们刚刚吵过架……非常难看的衣服，她偏要买……不是我心疼钱，她穿上那件衣服，也许会被路人误以为是斑马……

女人再笑笑。仍然很勉强。

男人靠着电梯，慢慢坐下。他说我有点累，我得坐一会儿。

火光灭。少顷，火光再一次照亮狭窄的电梯。

夫妻间总有些秘密的吧？男人说，比如我知道她有私房钱……其实我也有……我的私房钱藏在写字台下面，胶布粘着……密码是我们的结婚纪念日……

女人笑。露齿。她感觉自己似乎变得轻松了一些。她笑着说一会儿我会转告她的。女人被这句话吓了一跳，她竟然和这个丑陌的男人开起了玩笑！她看一眼男人，男人的眼睛笑着，脸色却有些发暗。也许是因为打火机的微弱光芒吧？女人想，此刻她的脸色，肯定也非常难看。女人想回男人一个笑，然她的笑只绽开了一半——另一半，隐进突然来到的黑暗之中。

男人再一次关掉打火机。他说我想休息一会儿。你别怕。外面有动静了。像撬门声。好像还有人说话。你别急。别急。不要怕。不要怕。他似乎在喘息，声音很粗很重。女人想肥胖的男人都这样吧？不过站了一会儿，却像爬了二十层楼。或者，他也紧张吧？

……女人是在半小时以后被救出电梯的……她的尖叫声再一次响起……高亢焦灼，带着几分绝望……女人喊，快救救他！

男人终于还是死去。——他的妻子站在电梯外面。——他的外套在妻子那里。——他的随身药在外套口袋里。男人有心脏病。他的生命每一天都可能突然终止。

……

女人对男人的妻子说，他的写字台下面，有一张存折，密码，你们的结婚纪念日，他让我，转告你。

男人的妻子盯着披了黑纱的男人的照片，照片里的男人眯着眼笑。

女人说，我想谢谢他，可是我没有机会。

男人的妻子说，就算没有他，你也一样会得救。

女人说，可是他一直劝我不要怕。

男人的妻子说，那种情况下，任何男人都会这样说。

女人说不。不是。后来，他说打火机被烧坏，不能再用……其实不是……他怕我看见他的样子……看见他嘴唇乌青、脸色紫黑的样子……他要偷偷死去，为一个陌生女人……他真的是偷偷死去的……他偷偷死去，不让我知，只因为，他怕我害怕……

　　两位女人，终于抱头恸哭。

画上去的领结

　　星期天上午，幸福院的院子里，聚集着一群快乐的孩子。他们要在这里给老人们表演节目，为此，他们已经排练了一个多月。

　　节目有二十多个，男孩的节目，排在了最后。是小合唱，他是领唱。年轻的女教师说，这很可能是最受欢迎的一个节目。

　　可是突然，她发现那个男孩躲在一旁偷偷地哭泣。女教师走上前去，问他，你怎么了？男孩说，我不想演了。

　　不想演了？为什么？她问。

　　我的领结不见了。男孩回答。

　　找不到了吗？

　　是的，找不到了。可能是忘在家里了。没有领结，我就不演了。

　　没有领结有什么关系？年轻的女教师说，这并不影响你唱歌啊。

　　怎么会不影响？男孩说，他们都戴着领结，只有我不戴，就显得不认真了。

　　不是这样。女教师安慰他说，你是领唱，领唱就应该独特一些。所以不戴领结，没什么的。爷爷奶奶也不会计较的。

领唱更应该戴领结啊。男孩说，爷爷奶奶们肯定会认为我没有认真准备，他们会不喜欢我的。

女教师轻轻地笑了。她说如果没有领结，你真的要放弃领唱吗？

男孩认真地点头。他说，是。

很快就要轮到男孩的节目，跑回家取来领结，已经来不及了。女教师想了想，说，要不这样，我给你在脖子上画一个领结。

画一个领结？

是，画一个领结。女教师说，画得肯定跟真的一样。

爷爷奶奶们能不能看出来？

肯定看不出来。

男孩低头想了想，一时想不出更好的办法，只好点头同意。于是，年轻的女教师拿出她的彩笔，小心翼翼地男孩的脖子上，画出一个黑色的领结。

可是领结应该戴到领子里啊。男孩仍然有些担心。

没关系。你唱歌的时候，把领子扶高一些就行。女教师一边在他的脖子上仔细地画着那条领结，一边微笑着说。

终于，要轮到男孩上场了，看得出他有些紧张。他问女教师，像吗？女教师说，像极了，绝对和真的一模一样。然后她亲自走上台报了节目，并对台下的老人们说，领唱的男孩，今天戴着一个全世界最漂亮的领结。

节目演得相当成功。老人们热烈的掌声让男孩兴奋不已。似乎他真的在脖子上戴着一个漂亮的领结。——那个领结，给了他莫大的快乐和信心。

演出结束，老人们走上前来，亲切地抚摸着男孩的头。他们说，你唱得非常棒。你的领结也非常漂亮。今天我们看到了最精彩的表演，见到了最漂亮的领结。

即使多年以后，男孩仍然清晰地记得这件事情。他说他一辈子都忘不了年轻的女教师和幸福院的那些老人们，他们让他在自己的生命中，第一次懂得了什么叫真正的鼓励和爱。

最尊贵的上帝

男人经过花鸟市场，被一位年轻人喊住。年轻人友好地看着他，冲他招手。嗨，过来！

男人一怔。喊我？

年轻人咧开嘴，露出两颗调皮的虎牙。过来！

年轻人的面前，摆着几颗石头。大的拇指大，小的小指大。买两颗吧！年轻人指着他的石头，说，放鱼缸里，很漂亮呢。

买两颗？男人蒙怔，这是普通的石头啊！

早晨的时候，它们当然还是普通的石头。年轻人的嘴巴咧得更大，眼睛像弯月，可是现在，它们就不再普通了。

为什么呢？男人弯下腰。

因为是我把它们从几百颗石头里面挑拣出来的啊！年轻人说，就是说，这几颗石头，是那几百颗石头里面最漂亮的最昂贵的……你看看，是不是很漂亮？我为这些漂亮的石头付出了劳动，我是要得到报酬的。

可是即使你把它们从一万颗石头里面挑选出来，它们也不过是普通的石头。

不，它们是花玉。

花玉？

或者叫不含玉的石头，花玉是我起的名字……这样的玉，雕不成手镯和坠子，可是可以放在鱼缸里观赏啊。鱼缸里一定得有石头和水草，有石头和水草，才有河的样子……当然你可以自己去河边拣石头，但是买了我的石头，你就不用再去拣了啊！金鱼们围着这些石头做游戏，吐着泡泡……多漂亮的花玉啊！

男人笑了。他笑年轻人的表情。年轻人的表情认真并且郑重，充满自豪感。似乎他真的守着一堆价值连城的宝石，似乎面前的男人是他最重要的客户。

这么贵重的花玉，我可买不起哇。男人跟年轻人开起玩笑。

怎么会买不起？年轻人看到将石头卖出去的希望，每颗只卖三块钱！

三块钱？

我当然想卖到五块钱，年轻人摊开手，再一次露出嘴里调皮的虎牙，可是我妈只让我卖三块钱。

男人直起腰。他想他好像明白一些什么了。似乎，面前的年轻人……他从河边拣来几块石头，然后拿到花鸟市场卖钱。男人数了数，年轻人面前的石头共有五颗。一共十五块钱？男人问。

全买了的话，十二块钱就够了。年轻人说，给你算批发价。

男人再一次笑了。——他的客厅里，真的有一个鱼缸。他的鱼缸里，真的缺几颗石头。当然这些只是普通的石头，不值一分钱的普通石头，可是这些石头给了这个孩子最美好最纯粹的期待，现在，男人想，他只需花掉十二块钱，就可以为孩子再送去一份最美好最纯粹的快乐。

难道不合算吗？

男人真的买下年轻人的五颗小石头，手心里握着，站到马路边等候公共汽车。是时，黄昏，太阳挂上远方的树梢，将城市镀上金黄色的迷人轮廓。一位中年妇女快步走到他面前，跟他说一声谢谢，手里，捧着他的十二块钱。

我儿子刚才卖给您石头，希望您不要介意，女人说，他的智力有些问题。

女人似乎在努力回避着"傻子"这个词。

男人说没关系的。我喜欢这些石头。

女人再说一声谢谢。可是这些钱，必须退还给您……否则的话，我们岂不是成了骗子？

我不是这个意思……

知道您是好心人。女人说，我一直看着，我就在不远处卖花盆……不过每一次，当他成功地卖出几颗石头，我都会把钱退还给买石头的人……我必须这么做……

这些石头难道不是他从河边辛辛苦苦拣来的吗？

当然是。女人说，每天早晨他都会去河边拣几块石头，然后一整天都守在这里卖他的石头，有时也会给我添一把手……其实最开始是我要他这么做的，我想，总得让他拥有一份独属于自己的快乐……

他快乐吗？

当然。女人说，他认为自己也能赚钱，也能养活自己……他其实很懂事的……他总是把卖得的钱交给我……

女人红了眼圈。仍然擎着那十二块钱。

男人只好收回他的钱。买石头的人很多吗？他问。

不是太多，但每天都有。女人说，每一次见到有人买他的石头，我都会从心底感激他们。他们虽然算不上真正的顾客，然而对我们来说，却是真正的上帝。他们善良，大度，充满悲悯之心；他们仁慈，博爱，让我和儿子的世界不再寒冷。他们，还有您，难道不正是我们母子俩最尊贵的上帝吗？

男人握着五枚小小的石子，与女人告别。公共汽车上，他突然想，或许真有一天，这城市的所有鱼缸里，都会摆着几颗这样的小石头吧？

回　家

　　回家的路，候在那里，等得有些心焦。我却总是视而不见。

　　常常，列车把我丢进随便一个城市的随便一个角落。冬天里，外面冰天雪地，车厢里却燥热难当。到处都挤满了人，座位上，过道里，行李架上，甚至，厕所里。列车像一听巨大的沙丁鱼罐头，超载着离乡或者归家的人们，把他们变成同样的味道。却有些静，也许在狭小的空间里，连语言都会被压缩。心事会被压缩吗？愿望呢？梦想呢？压缩后的愿望会扭曲吗？扭曲后梦想会反弹吗？没有人知道。

　　有时我会昏昏欲睡，听着轻微的有节奏的咣当咣当的声响，也许广播里还会播放一首曲子，或一支老歌，配合一种纷杂的思绪。列车不时停下，下去一些人，上来一些人，到站或者启程的梦，被按部就班地吞吐。在接近终点的时候，车厢里大概都会响起那首凄婉的萨克斯曲，却并不理会人们，是真的回家，还是抵达另一处陌生。

　　离家，再回家，衣锦还乡了，应该是最好的结局。可是真正衣锦还乡的归者，又有多少呢？梦折断了，破碎了，成了无可奈何的细小的屑，抛在旅途，晶莹的，不规则的，伤感的，白花花一片，满世界飞舞。回到家的，也许只剩一身伤痕。伤痕被一些柔柔的心包容着，回了家，就看不到伤痕了。

伤痕还在，伤痕被包起来了。更多时，家只是不必花钱的旅店，一个休养站，一个虚假的卧薪尝胆之所。再一次离家，在某个异乡的夜里，在某个阴冷的雨天，伤痕再一次裂开，淌出一滴血。这滴血，注定是还给家的。

家，可以千百次回。每一次，都可以当成下一次离家的借口。家不会计较，家人不会计较，家里的桌椅板凳不会计较。哪怕那些离家的理由和梦想是支离的，肤浅的，张狂的，错误的，或者，干脆是一场灾难。没关系。有家。有回家的路。回家的路，一直候在那里。她等得有些心焦。

我在不停地忙。我们在不停地忙。梦想被自以为是地夸张，然后透过万花筒，你看到虚幻的七彩。村口有驼背的白发亲娘，出站台有翘首的爱人，某个角落有望眼欲穿的眼睛，有思念和企盼，祝福和泪水。那泪水是属于你的，涌动着关于你的一切。你感觉得到，却不想张望。你只看到城市的霓虹，穿巷而过的疾风，银行的取款机，敲打街路的高跟鞋，你桌上的那一杯浓茶，你的狂妄的心脏。世界被你分离了。你认为，梦想与回家，是那样格格不入。

终有一天你想家了。终有一天你想回家了。这或许与你的梦想无关。你突然发现回家的路有些荒芜，杂草丛生。她在你的笔端，在你的茶杯里，在你的窗外，在你的心里。她一直在，她无处不在，她总是被你忽略。你对着镜子，你发现自己正迅速衰老，正迅速追赶着你衰老的父辈。你的眼睛混浊干涩，全没了当初的炯炯模样。你的细小皱纹里藏着逝去时光的伤心碎屑，你把它们抹平，它们再一次固执地堆起来；你拔掉鬓角的一根白发，那里又飞快地长出另一根。

是的，该回家了。也许是回家，也许是回家看看；也许是回家，也许是下一次离家的前提。你不知道。没有人告诉你。你只知道，该回家了。是的，回家。

那一年临近春节，我从呼和浩特乘列车，回家。家在胶东半岛的某一处小镇。车进了山海关，我开始盼，盼那支萨克斯曲子，我盼它为我抹去异乡的尘，唤起沉睡多年的心漪。但直到走出地下通道，我也没有等到，那支安抚我的曲子。

列车的终点，是南方一个陌生的城市。它不会在意我的心情，它要把曲子留到终点。我想，对于它来说，我只是它行程中的一个过客。那首曲子，又怎会因我响起呢？

十万分之一的概率

　　小时候她一直住在小镇子里。母亲带她去镇上买菜，需要走很长的一段路。公路不宽，车也不多，来来往往的行人，像在公路上无所事事地散步。年轻的母亲牵着她，每天在这条小路上往返。总是母亲用右手牵着她的左手，让她紧贴在自己的身体右侧，从来不曾改变。这种单调的姿势让年幼的她常感厌烦。她一边用脚踢着路边的石子，一边问母亲，为什么我总是要走在你的右边呢？母亲将将她额头的乱发，笑着说，小孩子就应该走在大人的右边。

　　是这样？她不懂。她看着路边懒散的行人，以及公路上疾驰而过的汽车，一点一点地长大。

　　后来她离开了小镇，再后来她也有了女儿。每天她要带女儿去超市买菜，也需要经过一段公路。是市郊，马路不宽，车也不多，她牵着女儿的手，每天在这条马路上往返。有一天，女儿突然问她，为什么我总要走在你右边呢？这时她才猛然发觉，一直以来，她都是用右手牵着女儿的左手，让女儿紧贴在自己的身体右侧，走在马路的最边沿，从来都不曾改变。

是啊，为什么呢？为什么她的习惯，和母亲一模一样？于是她学着母亲的样子说，小孩子就应该走在大人右边。

那天一辆汽车紧擦着她开过去，带起一阵疾风。她惊出一身冷汗，吓得两腿瘫软，却又庆幸此时的女儿，正好站在她的身体右侧。那一刻她恍然大悟，之所以一定要用右手牵着女儿的左手，是因为，她要保护着自己的女儿啊！这样，万一有汽车朝她们碾来，走在右边的女儿，应该会安全很多。

回老家的时候，像小时候一样，她再一次问母亲这个问题。想不到母亲和她的答案，竟然完全一致。母亲说，这样万一遇到车祸，走到右边的你，可能不会有事。

她突然对这件事产生兴趣。她找到在交警队做事的朋友，要他帮忙查算一下，假如两个人手拉手走在人行道上，假如这时恰好有一辆汽车胡乱地冲过来，那么，走在右边的那个人，较之走在左边的那个人，避免发生车祸的概率，有多少？

几天后朋友告知她答案，这答案令她震惊。朋友说，遇到这种情况，一场车祸将是无法避免的。但也有例外，比如右边那个人也许会幸免。因为毕竟，汽车是从马路中间冲过来的。但是这种概率很小——小到只有十万分之一。

十万分之一，这是一个几乎可以忽略的数字。可是，她的母亲为了她，她为了自己的女儿，她们为那十万分之一的概率，竟一次也没有忽略。

十万分的保护，乘以十万分之一的概率，其结果，就是天地间完完整整的母爱了。

忽略的，可能是最重要的

朋友是一位爱好广泛的人。

从小学到大学，他一直是校篮球队的主力；也写些散文诗歌，报纸杂志上常见他的名字；他熟悉五大联赛的各支球队，闭着眼也能数出任何一支球队的主力；他还喜欢园艺，对花花草草的属性了如指掌。可是他认为，这些都不重要。最重要的是，他希望自己能够在三十岁以前，有一家属于自己的公司。

这个愿望是他上大学时产生的。那段时间他读了太多商业精英的成功史，他认为自己有着和他们一样的素质。为此他放弃了篮球、文学、五大联赛和园艺。假期里他不再回家，不再和女朋友花前月下，而是把自己闷在图书馆里研读商业书。他满脑子都是他的公司，他想这是他一生中唯一的目标，别的，都可以忽略和放弃。

大学毕业后他真的有了自己的公司。可是那公司仅仅开了两年，就被他转让出去。因为某一天，他突然发现那根本不是自己的兴趣所在，他发现商场上的钩心斗角远比他想象中复杂百倍。

他不能够忍受无休无止的酒局，不习惯每天在担惊受怕中过日子。他的心找不到归宿，总有一种悬空的感觉。最终他狠狠心放弃了经商，回到老家。他在老家一待就是一年。

无所事事的他每天翻看书架上的书，慢慢地，他重新被那些厚重的文学作品所吸引。母亲给他搬来一个纸箱，那里面，收藏着他在报刊上发表过的所有作品。母亲说，不经商不要紧，你完全可以重新把文字拾起来……你已经，发表了这么多。是的，其实他早就知道自己有这方面的才华，可是他总是将之忽略。以前，他不过把文学当成一种爱好或者消遣，开公司才是他的终极目标。现在他想，为什么不听母亲的，试着回到从前呢？说不定，文学真的是他生命中最重要的事业。

他发现自己很快进入到一个美妙的世界。他终于发现写作才是他最快乐的事。他想，也许把很多事情一一经历，等重新转回来，才会发现一生中最快乐或最重要的是什么吧？

每天母亲给他做饭，给他收集报刊上的资料，给他安静的环境去写作；女友每个月来看他，给他带新上市的书，给他鼓励和信心。几年以后，他终于成为一位很有名气的作家。他的书一版再版，颇受欢迎。

他常常说，他最应该感谢的，就是自己的母亲和女友，她们是他一生中最重要的两个人，却在很长一段时间里被他忽略；同样，他一生中最重要的事业——写作，也曾经被他忽略。不过还好，他及时找回了它。

什么是生命中最重要的？或许是事业，或许是爱情、亲情、友情……但毫无疑问的是，太多时，你正在忽略的，恰恰就是你最重要的。你所要做的，就是时时停下来，回头看看，并将它们找回。

先拆开吧

　　一对情侣以组合的形式参加《梦想中国》海选，表演结束后，评委对他们说，假如你们不想被拆开，那么，两个人都会被淘汰出局；假如可以拆开，那么，条件较好的男孩暂时晋级，女孩淘汰。可是接下来，男孩需要和其他人组成新的组合。我看到女孩一边哭一边点头。先拆开，先拆开吧！她流着眼泪，急急地说。

　　先拆开，意味着自己的主动放弃。这放弃，不仅是一档娱乐节目，一个人生的机遇，更有可能是自己的爱情。假如她的男友最终成星，摆在他们面前的，或许会有太多的不确定性。这样的例子，在娱乐圈，一抓就是一大把。

　　所以那天很为这个女孩感动，为她的牺牲和自信——对个人的牺牲，对爱情的自信。

　　曾经认识两位老人。在年轻时，在商量要结婚时，男人突然有了一个当兵的机会。在那时，当兵是一件非常幸运的事情。这不仅意味着一个漫长的兵役，还意味着一个摆脱农村生活的机会，甚至意味着一个人后半生际遇的彻底改变。男人把这个消息告诉女人，女人想也没想，急急地男人说，你先去当兵！

那我们呢？男人问她。

先拆开吧！女人说。话中没有丝毫的不安。

就这样，男人去遥远的地方当兵，女人却留在了贫穷落后的乡村。时光流转，世事变迁，几年后男人成了军官，红光满面，身姿挺拔；乡村劳作却让女人过早地现出老态，她的皮肤粗糙，嗓音干哑。当所有人都认为他们不可能走到一起的时候，他们却在某一天，摆下了婚礼的宴席。

这之前，他对她根本没有任何承诺。他告诉别人，之所以忘不了她，之所以一定要娶她，只因为她曾经的那句话——先拆开吧！那是她最原始的善良，最伟大的牺牲。她是世界上最爱他的女人——只有最爱他的人，才甘愿付出最直接的放弃和最漫长的等待。哪怕，这种等待，存在着太多的不确定性。

甚至因了这种爱，会从此失去他。

婚后他们经历了"文化大革命"。因为家世的缘故，女人受到了百般磨难。很多人劝男人与她分手，他们说不这样的话，你将肯定受到牵连。你不仅得不到自己的爱情，甚至会丢掉自己的仕途和生命。可是男人不管，他挺了下来。他坚守了自己的信念和爱情。他始终没有离开女人。他说他永远记得女人曾经说过的话。女人说，先拆开吧！

多年前，女人和他拆开，只因为他是她深爱的男人；而现在，假如他和女人拆开，那么就等同于背叛了自己的爱情，等同于把女人推向无边的绝望。他说，不管有多少磨难，不管还要经历多少磨难，我都愿意和她一起承受。

这时候，他和她，绝不能拆开。

哪怕等待他的，是死亡。

最终他们还是熬了过来。在黄昏，常常看到他们在花园的甬道上互相搀扶着散步。有时风吹乱了她的头发，他会伸出手，笑着，轻轻为她捋齐。他们很少说话，他们用目光可以交谈。我相信他们再也不会拆开，因为他们，彼此是对方的拐杖。

那位女孩，这位老人，都曾经在人生的一个瞬间，放弃了身边的爱人。可是她们并没有放弃爱情，事实上，这是她们对爱情的自信。她们坚信爱人会在明天回到自己的身旁，她们坚信，不管外面的风景如何迷人，爱人都不会迷路。

先拆开吧。很喜欢这个短句。"先"是时间的概念，是一种暂时的无奈，其"后"，两个人终会天长地久；"拆开"则表明一种态度，因为只有"一个"，才可以"拆开"。"一个"物品，"一个"人，"一个"爱情，"一个"婚姻……

是一个，终会相拥，成为一体。不会太久离分。

有爱一生暖

　　整个冬天，男人都穿着一件灰色的夹克。夹克的拉锁拉得很高，那里面，穿了一件花花绿绿的毛衣。毛衣是女人为男人织的，用了东拼西凑的旧毛线。毛衣的领口已经很破旧，后背和袖口是黑红蓝三色，男人走在屋子里，戏说自己是一只觅食的公鸡。

　　那时他们生活得非常艰难。一家人刚从县城来到省城，多了花销，却少了收入。当然男人相信自己的能力，他坚信自己可以找到一份满意的工作。女人对男人，更是深信不疑。可是日子一天天过去，男人的工作却仍然没有着落。眼看春节将至，他们认为工作的事，将会拖到明年。

　　机会在这时候突然降临。男人参加一个公司的招聘，初试和复试都顺利通过。明天男人将要进行最后一关面试，据说，公司经理将会亲自把关。男人对自己的能力充满信心，让男人担心的，是他的穿着。

　　男人不安地问女人，明天穿什么去呢？女人说，当然是穿西装。男人说可是穿西装是要打领带的，这毛衣……女人想了想说，不怕。你晚上睡觉的时候，我把你的毛衣领改一改就行了。——改一改？——改一改。改成鸡心领，你里面穿件白衬衣，再打条领带，又帅又精神。——这么晚了你去买毛线？——不用，从毛衣后背拆点线织到领口，再把领口的旧毛线补到后背，就行了。反正没有人能看到你的后背。——可是你不睡觉了？——我手熟，很快的。

其实这时候还不算晚，城市里完全可以买到毛线。男人知道女人舍不得花钱。或者，并不是女人舍不得花钱，是家里实在无钱可花。男人心想改一改也好，穿上西装，打上领带，露一点点整洁的领口就行了。没有人知道，他里面穿了什么。

男人想着明天的面试，很快睡着。女人坐在旁边，认真地为他织一个漂亮的鸡心领。第二天起床，男人发现她憔悴的脸和黑色的眼圈，有了感动。他问你一夜没睡？女人说没事，今天晚上早点睡，就补上了。男人打好领带，穿上毛衣，再套上西装，竟也风度翩翩。男人和女人吻别。他说，等我的好消息。

面试进行得很顺利。他被通知第二天就可以来公司上班。男人要离开办公室的时候，被公司经理喊住。他问男人，知道我为什么会录取您吗？

男人问他为什么。

他说，首先，您的专业没问题，又有工作经验，所以胜任这个工作肯定没问题。

男人问还有呢？

他说，第二点，甚至比您的学识和经验还重要。那就是，您应该有一个幸福的家庭，有一位爱您的妻子。

男人问这也能看出来？

他说，您妻子昨晚肯定熬夜给你的毛衣织了一个新的领子。你们的生活或许并不富裕，但是你们的感情非常好。和睦的家庭是事业的保证，我坚信这一点。

男人问您怎么能看出来这个领子是新打出来的？

他说，因为你的袖口。你的毛衣袖口是红色的，而领子是天蓝色的。并且，刚才你和我说话的时候，不小心露出了领口周围的部分，那里的颜色远比领子的颜色灰暗……

可是这并不能够证明领子是昨晚打上去的啊！男人说，也可能是前几天……

是这样。他说，我只是猜测。之所以这样猜测，是因为，多年前我和妻子一起来到这个城市，在我参加面试的前一天晚上，我的妻子熬了一夜，给我打了一个漂亮的毛衣领……

男人回到家，把好消息带给女人，又给女人讲了公司经理的故事。女人静静地听着，浅浅地笑着。一个毛衣领能为男人带来好运，她认为非常合算。男人的成功就是她的成功，她替男人和自己高兴。

晚上睡觉的时候，男人突然发现搭在床边的女人的毛衣。男人不解地问你今天没穿毛衣？女人说不冷。男人把毛衣抓起来看，他发现，那件毛衣已经被拆掉了大半。——女人从自己的毛衣上拆下毛线，为男人织出一个漂亮的鸡心领！

男人拥紧女人，久久不语。后来女人推开男人，说，休息吧，就疲惫且甜美地睡去。男人轻轻为女人掖好被角，自言自语地说，这辈子只要有你在，不管生活如何艰辛，我的心，都是暖的……

证　件

　　暑假时，父亲决定带儿子坐一趟火车。其实是想让儿子体验一下火车上的辛苦，这之前，儿子一直把坐火车当成非常好玩的事情。

　　父亲是火车上的工作人员。

　　车厢里很挤，可是儿子非常开心。他啃苹果，唱歌，用相机一张又一张地拍照。父亲坐在不远处的补票处为乘客补卧铺票，一边抽空瞅瞅他的儿子。需要补卧铺的乘客很多，可是票却很少，父亲只能让他们先登记，然后，等火车到达前面的站点，如果有卧铺腾出来，先登记的人便可以办理。补票处总是围着一群人，有男有女，有老有少，表情急不可耐。父亲当然希望他们每个人都能够补上卧铺票，可是他没有办法。

　　于是，便有人掏出自己的证件。他们肯定认为这些证件可以帮助他们买到卧铺，最起码，可以将他们的名字登记到前面。他们把证件凑到父亲眼前，指着说，瞧，这是我，这是我的证件。那些证件花花绿绿、五花八门，记者证、作家证、医师证、警官证、劳动模范证……父亲不厌其烦地告诉他们说，不管如何，登记必须按次序来。不是我不想为你们补卧票，而是现在确实没有。父亲摊开双手，为难地说。

登记本上写了满满一页，而卧票，每到一处站点，只有那么有限的几张。等待补票的人失望地摇头，又将希望寄托在下一站。这时儿子看到一位老人挤到父亲面前，向父亲询问补票的事情，父亲想了想，说，您只能先登记……不过我可以将您的名字往前挪一挪，我只有这点权力。老人问这好吗？父亲笑笑说没什么，应该的。老人说还是按次序来好了。父亲说不。不，您应该往前挪一挪的……下一站就会有卧票，您稍等一会儿，马上就可以办理。

儿子当然不解。他问父亲，他有记者证吗？

父亲笑笑说，当然没有。

作家证？

也没有。

警官证？

没有。

那你为什么把他的名字写到前面呢？儿子问。

因为他是一位老人。父亲笑着说，他的年纪，就是他的证件。

欠

手机卡是一年前买的，很漂亮的号码。那时他的公司尚未开业，固定电话也没有装好。在营业大厅填表的时候，他的笔在"联系电话"一栏顿了好久，最终，他填上老家的电话号码。

老家有他的老母亲。老家只有他的老母亲。老家就在市郊，距城区，不足一百公里。可是他很少回家。他每天都在忙。老家那部电话，几乎成为他和母亲保持联系的唯一。

春节回老家时，母亲问他，是不是欠邮局钱了？前几天人家打电话来催，说你欠了他们的钱。他说不是欠邮局的，也不是欠了钱，只是电话费没按时交而已。母亲问很多吗？他说不多，几百块。母亲说那你早些还了吧，咱不欠人家的。他说好。人却心不在焉地，把头埋进一本《商界》。

他的确欠了电话费。也的确只有几百块钱。那段时间公司不景气，杂事乱事让他焦头烂额，就忘记了去交话费。几天后由于某些原因，他更换了手机卡，原来的卡就被他扔到抽屉里了。一次让同事帮他代交，同事说，交什么交？能赖则赖。很多人都把电话费赖掉了你不知道？他想想，也是，就拖到现在。

并不是心疼这点钱。可是他想，能省下这几百块钱，为什么不省下呢？

初秋的一天，在街上，他遇见一位朋友。朋友说刚才我去西郊营业厅办事，好像看见你妈了。他说怎么可能？朋友说是，好像是你妈，在营业厅排队。朋友是他的大学同学，曾经去过他家，见过他的母亲。

他的心里，便有了一种奇怪的预感。他快步返回公司办公室，打开抽屉，取出那个手机卡，塞进手机。刚刚扣上电池，电话就响了。他看到熟悉的电话号码。

他说，妈。

母亲说刚才我帮你把电话费交了，加上滞纳金，才七百多块钱。他说妈你太多事了，听朋友说，这些电话费完全可以赖掉的。母亲说欠人家的钱，怎么能赖掉呢？即使赖掉了，你能安心吗？他不说话了，心里数落着母亲的迂。

母亲说我知道你的生意做得不好。你想过没有，连几百块钱电话费都想赖掉的人，又怎么能做好生意呢？谁还会相信你？

朋友撇撇嘴。这道理他懂。他认为道理是一回事，行动是另外一回事。他想他没欠任何人什么。他欠这个世界的，只有七百多块钱电话费而已。

母亲说我知道你根本听不进我的话。事实上我并不想给你讲道理，也不想管你生意上的任何事。我给你交电话费，只因为，我只知道你这个电话号码。这是我能找到你的唯一方式。孩子，你已经有半年多，没有给家里，打一个电话了。

他愣了很久，然后紧紧地闭上眼睛。——他试图关上眼泪的闸。

他想，他欠这个世界的，何止是几百块钱的电话费啊！

你的陪伴

周末中午，本来你计划回家吃饭的。你给母亲打了电话，你能够感觉电话那端母亲的兴奋。可是你离开办公室的时候，突然有同事邀请你一起吃饭。同事们隔三岔五就要聚一次，你磨不开面子，于是去了。你再一次给母亲打电话，告诉她中午你不能回家吃饭了。你知道母亲很失望，她喃喃自语地说，可是我都把菜买好了啊。你说晚上吧！晚上，我一定回家陪你吃饭。

饭局一直延续到下午两点。吃完饭，同事们拉了你去歌厅唱歌。这是你与同事们难得的交流机会，你自然不会错过。你们一直玩到黄昏，你终于再一次想起母亲。你起身要走，这时候，你接到第二个电话。

是一位多日未见的老同学，他想请你吃饭。你说你想回家，你告诉他母亲已经为你买好了菜。同学说就简单聚一聚吧，咱们好久没聚了……只是吃顿饭，聊聊天，不会拖到很晚……吃完了，你再回家。你想了想，还是去了。你不想让同学难堪，你知道他即将去一个很远的城市打工，这可能是他临走以前你们最后的一次相聚。你们一边吃饭一边聊天，感叹着时间的无情和生活的艰辛，你全然忘记了自己的母亲。

直到你的电话再一次响起。

打来电话的是你的上司，他要请你吃饭。这时你想起母亲，忙打电话给她，告诉她你可能得晚一会儿回去。母亲说她已经做好了晚饭，正等着你回去。你说可是现在我得陪一位经理吃饭呢。母亲说改天不行吗？你说改天怎么行？他是经理啊！经理请我吃饭，是看得起我，并且，他肯定是有什么在公司里不方便说的话……您自己先吃吧，不用等我。然后你给你的老同学道歉，你说经理请吃，不能不去。老同学站起来握了你的手。我当然理解你。他说。

你赶去饭店和经理一起吃饭。奇怪的是经理并没有什么在公司里不方便说的话要说给你听，他请你吃饭，只因他今天晚上有些烦躁。他不停地发着与你毫不相干的牢骚，你静静地听着，脑子里却想着另外的事情。那天你劝经理喝了很多酒，经理也劝你喝了很多酒。你们摇摇晃晃地从饭店里出来，勾肩搭背，亲如兄弟。尽管你知道，明天，当一觉醒来，经理还是威严的经理，你仍然是公司里一个普通的小职员。

很晚了你才回家，家里的灯依然亮着。你推开门，你吃了一惊，母亲正坐在餐桌前打着盹儿。你惊动了她，她睁开眼睛，笑笑，起身，说，饿坏了吧？快吃点饭。母亲去厨房将饭菜端过来，它们还是热的。母亲的腰弓得很深，母亲满头白发，皱纹堆满了脸。母亲说她一直在等你回来，她把饭菜热了又热。

可是我已经吃过了啊。你说。

再吃点吧。母亲指指满桌子的菜，说，在外面吃，吃不饱的……陪着我，再吃点。

其实你吃饱了。你真的很饱。可是那天，你还是拿起筷子，陪母亲吃了几口饭。你突然想起来已经很久没有陪母亲吃过饭了，尽管家离公司很近，尽管你不是很忙，可是你还是很少回来，更很少陪母亲吃饭。

你总是陪着毫不相干或者并不重要的他们吃饭，你的上司，你的同学，你的同事，你的朋友，你的上司的同学，你的同学的同事，你的朋友的朋友……却唯独，忽略了你的母亲。

Chapter

04

一掌阴凉

爱情在一掌阴凉之中，
在不知不觉的呵护与被呵护之中，
逐渐牢固并且持久，逐渐朴实并且浪漫，
战无不胜，并且坚不可摧。

最后一位客户

　　他静静地坐在办公室里，等待他的客户。那客户将会带过来十五万块钱现金。对客户来说，这是一笔重要的生意。他们合作过好多次，彼此早以兄弟相称。好像这并不夸张，因为客户对他，已经深深信任。

　　他的公司开了好几年，似乎一直运转良好。——只有他知道问题的严重性；只有他知道自己赔了多少钱，又欠下多少债；只有他知道自己已经接近崩溃；只有他知道，明天，公司就将不复存在。现在他等待的，只有这最后的一位客户。他将收下这位客户的十五万块钱现金，然后在黄昏，携款潜逃。他知道他肯定可以做到，因为那位客户对他毫无戒备。他知道这是犯罪，他知道后果的严重性，可是他想搏一把。

　　客户在约好的时间敲响了办公室的门。他把客户让到沙发上，递烟递茶，聊些无关紧要的话。太阳在窗外从容且温暖地照着，他却不停地打着寒战。终于他们聊到了正题，客户打开密码箱，他看到十五摞花花绿绿的钞票。

这之前，他见到过太多次十五万。每一次都代表着一笔不错的生意。可是这一次不同。这一次，他没有生意可做。他根本不打算更没有信心完成这单生意。他只想骗下这十五万块钱。然后，开始他东躲西藏的日子。

他已经订好了机票。他知道自己一旦跟客户说了谎话，就将变成了贼，就将开始逃离。可是他认为没有办法。他认为自己必须去做。

客户说这次有问题吗？

他说，没问题。明天早晨，您过来提货。

这时电话响了。很突然的声音，把他吓了一跳。是母亲打来的。上一次他和母亲通电话，还是一个月前。

母亲说你还好吗？

他说还好。

母亲说晚上回家吃饭吧。我买了很多菜。排骨已经炖好了。晚上回回锅就行……

他说不了。今晚，忙……

母亲问生意不顺心吗？

他说没有。生意很好。刚接了一笔大单子，十五万……

母亲说那就好。晚上回来吧。你已经一个多月没有回家吃过饭了。

他说，怕真的没时间。

母亲在那边沉默了很久。然后，母亲突然问，是不是生意不顺心？

他说没有。刚接了一笔大单子……

母亲说你骗不过我的。上次你回家，看你唉声叹气的，就知道肯定是生意遇到了麻烦。听我说，如果撑不下去了，别硬撑，回家歇一段日子……不管如何，家永远欢迎你。

他抹一下眼睛。他说，生意没事。

母亲说我给你攒了些钱，也许能帮上你的忙。晚上你回家吃饭时，我把钱给你。

他问多少？

母亲说，五千块。

他终于流下眼泪。今晚，他将携十五万巨款潜逃，母亲却会一直守在饭桌前，等他回家吃饭；为了赚钱，他在酒店里宴请他的生意伙伴，花掉很多个五千块钱，而他的母亲，为了他的公司，却悄悄地攒下五千块钱，并幻想用这五千块钱，将他的公司挽救。

他握着电话，流着泪，久久说不出话来。

母亲说，晚上回家吃饭吧，我等你。然后，电话挂断了。

其实，家与公司，相距不足二十里。

他慢慢踱到窗前，看窗外的阳光。阳光下人流如织，好像所有的人都是快乐的。他想他们之所以快乐，是因为他们走在阳光里；他们之所以快乐，是因为他们心中没有阴暗；他们之所以快乐，或许，只因为他们今天能够回家，吃一顿母亲亲手做的晚饭。

客户被他的样子吓坏了。问他，你怎么了？

他说，没什么。

客户说那我先走了。钱你收好。明天一早，我来提货。

他喊住了客户。他说没有货。我骗了你。我犯下一个无耻的错误。我想骗走你的十五万块钱。

客户愣住了。在确知他没有开玩笑以后，客户思考了很久。然后，客户说，我可以等你三天。三天里，只要你能备齐货源，我还会和你做这笔生意。不过，能不能告诉我，是什么让你放弃了这个疯狂的举动？

他说，是母亲。因为母亲今天晚上，会一直等我回家吃饭……

那天晚上，他真的回了家。他陪母亲吃了晚饭，和母亲拉了很多家常。第二天回来的时候，他带上了母亲给他的五千块钱。他把它们存到银行，将存单镶在镜框里，小心翼翼地摆放在办公桌上，日日擦去灰尘。

三天后，他真的做成了那笔十五万的生意。他的公司竟然起死回生。

他并不避人。他在好几个场合说起过他的这次经历。每到这时，就会有人感叹说，多亏了那位最后的客户，如果没有他那笔十五万的生意，如果没有他对你的信任和宽容，那么，你也许不会挺过来，更不可能把公司做到现在。

他点头。他承认那位善良并宽容的客户给了他很多。可是他认为，真正挽救自己的，其实是他的母亲。是母亲的五千块钱，是母亲的那顿晚饭，是母亲的几句问候，甚至，仅仅是母亲关切的眼神。

他坚信，虽然母亲不懂经商，但她永远会是自己最后一位客户。

石头剪子布

无论相貌还是身材，兄弟俩都长得一模一样。哥哥比弟弟早出生十几分钟，所以他成了哥哥。

小时候家里穷，常常两个人才能分到一块糖，一个酥饼，一根铅笔，一个作业本。分享是一种办法，石头剪子布是另一种办法。一，二，三！胜负马上见分晓。当然大多时候，只要有可能，获胜一方仍然会与落败一方一起分享胜利果实，不过这样一来，落败一方就有了接受馈赠的感觉。这感觉别别扭扭，不那么令人舒服。

落败的一方，永远是哥哥。——他总是固执地出石头，从来不肯改变。有时弟弟问他，你故意的吧？哥哥回答说，只我一个人故意有用吗？——不过我相信你不会永远出布，所以下一次，我肯定赢你。真到了下次，他仍然出石头，弟弟仍然出布。漫长的童年记忆里，弟弟是永远的赢家。他赢的方式也永远固定不变——布，赢下了石头。

到了上学的年龄，兄弟俩一起就读村里的小学。所有仅此一件不能够分享的东西，都被他们用石头剪子布的简单方法顺利解决。弟弟总是出布，哥哥总是出石头。有时哥哥也急了，他说你就不能让我赢一次？弟弟说这个简单，下次我还出布，你看着办。到下次，弟弟果真出布，哥哥的手却仍然攥紧成拳头。

兄弟俩一起初中毕业，却不能够一起升到高中。那天父亲把两个人叫到一起，跟他们谈了很久。父亲说不是我不想让你们继续读书，而是我实在没有能力同时供你们两个人读到高中毕业。说完父亲就哭了。那是无声的哭泣。他尴尬地笑着，泪水却从眼角奔涌而出。兄弟俩向父亲点点头，一同起了身，走出屋子，来到院子，面对面站好。哥哥说我学习成绩一向比你好。弟弟说可是我是弟弟。说完两个人都轻轻地笑了。哥哥问弟弟，这次你出什么？弟弟说，布。一二三，弟弟果然出布，哥哥出的仍然是石头。哥哥站在原地，一种心愿訇然坍塌。弟弟走上前拍拍他的肩膀，发现他早已经泪水滂沱。

退学后的哥哥在村子里待了三年。白天他和父母一起下地干活，晚上就抱着弟弟的高中课本看。他最喜欢的是语文，因为那上面有许多他以前不知道的故事。有时弟弟会带回来他的试卷，哥哥看了，连连嘲笑弟弟的愚笨。怎么连这个题目都会答错？哥哥不满地说，这样子还怎么考大学？

弟弟的成绩的确不理想。并非他不努力，他的资质本就如此。临近毕业的时候，父亲在村子里盖起三间新瓦房，那是父亲一生中最庞大最艰辛的工程，不仅倾尽所有，并且债台高筑。他仍然把两个儿子叫到身边，然后尴尬地笑。他说暂时只能先盖三间了。

三间，只能保证你们其中一个人娶媳妇。以后有了钱，我保证，再盖三间……哥哥看看弟弟，弟弟看看哥哥，都不说话。谁都知道三间瓦房在贫穷的乡下意味着什么，谁都怀疑父亲或者自己在今后十年之内还有没有盖起这样三间瓦房的能力。他们再一次来到院子，再一次玩起那个游戏。哥哥问这次还是布？弟弟说当然。哥哥说这一次你可千万不要后悔。一，二，三，弟弟再一次赢下了哥哥。哥哥转身往屋子里走，弟弟追上前去，与他并肩。弟弟说你完全可以换一下的……你为什么不出剪子？哥哥表情僵硬地笑笑说，你为什么总出布呢？一连好几天，两个人再也没有说一句话。

哥哥在几天以后踏上去城里的打工路，弟弟在半个以月后迎来了高考。哥哥在城市里流浪很久才找到一份工作，弟弟在考场上使出浑身解数仍然名落孙山。那时考上大学并不容易，那时高考落榜回村务农几乎是唯一的选择。回到村子的弟弟一直没有搬进父亲为他准备的三间新房，他突然产生出一种非常奇怪的感觉。他想假如自己搬进去，那么，或许他这一辈子，都会被困在这个山村，被困在这片贫瘠且毫无生机的土地。并且，似乎，那并不是他的房子。那房子本属于他的哥哥。

一年以后他也坐上了开往城市的长途汽车。城市里有他的梦想，城市里还有他的哥哥。

城市与乡村最大的区别，就是看不到日出和日落。鳞次栉比的高楼大厦和五光十色的霓虹灯让人分不清什么时间是白天什么时间是黑夜。可是对他来说，那时的城市根本没有白天。他已经流浪了一个多月，他疲惫不堪，垂头丧气。

他只好找到哥哥，并住进哥哥的宿舍。第二天哥哥带他去找厂长，请求厂长给他弟弟一份工作。厂长思忖片刻说，那就先试用三个月吧！如果干得好，就留下。哥哥对厂长百般感谢，腼腆的弟弟却只知站在一边傻笑。

三个月很快过去，弟弟留在了城市。虽然工作并不理想，可那毕竟是一处暂时的安身之所。不久以后他从临时工转为合同工，正式成为工厂的一员。

他和哥哥经常坐在一起聊天。他们从不谈以前的事，从不谈他小时候赢到的铅笔、硬糖、酥饼、苹果、铅笔盒、就读高中的机会、一栋三间大瓦房……他知道哥哥仍然记得这些事，他不知道哥哥是否恨他。他常常想，假如把读高中的机会让给哥哥，那么，哥哥会不会考上大学？或者，当时还在读着高中的他，是否真的需要那三间瓦房？如果不需要，为什么还要赢下那时已经是标准农民并且急需一栋房子的哥哥？假如将那些结果对调，那么现在，他们无疑会有着完全不同的命运。只是似乎，哥哥的前景会很乐观，而他充其量会在乡下务农或者在城里的某个工厂打工。他认为自己愧对了哥哥，因为他赢得了一个机会，却没有利用这个机会跳出农门。可是假如有一天，假如他们再一次面对一个机会，他真会让哥哥赢下自己吗？或者，即使自己想输，就能够输掉吗？

他和哥哥都没有想到，这一天竟会来得如此之快。

是一天晚上，两个人正睡着觉，外面突然传来嘈杂的叫喊声。

忙爬起来,发现车间里已经火光冲天。失火的车间有一个大锅炉,那锅炉一旦爆炸,等于同时燃放了几百吨烈性炸药。所有人都在慌乱地奔跑,却是和车间完全相反的方向。哥哥对弟弟大喊一声,冲!两个人就同时冲向车间,冲向大火。火光中他们看到了厂长,他向他们疯狂地喊叫。

由于他和哥哥为消防队员争取了时间,大火被扑灭时,锅炉仍然安然无恙。可是两个人都受了伤,需要住院休息。他们住在同一间病房,两张病床挤在一起,排成一排。弟弟的病床,有阳光。

为表示感谢,厂长决定奖给他们一套商品房。那是寸土寸金的市区,那套房子值很大一笔钱。厂长拿着鲜花去看他们,他对他们说,现在工厂的资金有些紧张,加上大火造成了不少损失,所以暂时只能先奖你们其中一个人一套,等以后工厂好过些,再想办法奖另一个人一套……这是一套可以带户口的房子,住进去,就等于变成了城里人……

哥哥和弟弟,相视而笑。——有些事,像是命中注定,想避都避不开。

厂长接着说,当然你们可以将房子卖掉然后把钱分了……不过这样就失去了那个城市户口。说到这里厂长不好意思地笑了,他说我的话好像有些多余了……我忘了你们是兄弟……

厂长离开后,他们再也没有谈起过这件事。似乎两个人突然失去了石头剪子布的勇气。石头剪子布,一种最为简单的游戏,一种最为残忍的赌博。胜负刹那分明,其中一人彻底失去机会。

几天后厂长再一次来到他们的病房。他告诉他们,由于一些手续上的问题，那套房子现在必须明确一个户主。兄弟俩互相看看，然后一起问厂长能否帮他们去医院门口的超市买一袋水果。

病房里终于只剩下兄弟二人。哥哥看看弟弟，再看看弟弟的手。他说，我们开始吧。

弟弟的表情飞快地变了一下。他苦笑一下说，这次，你肯定可以赢我。

哥哥笑了笑。他说这么多年过去，也该我赢你一次了。

一，二，三！哥哥和弟弟同时伸出手。哥哥仍然出石头。这一次，他仍然输给了弟弟。

弟弟的手僵在那里，表情长久凝固。突然他紧紧地拥抱了自己的哥哥，高喊一声哥，然后号啕大哭。

那一天，其实，他特别想输给自己的哥哥。可是他不能不赢。——他的手上打着石膏，不能够弯曲。他和哥哥都知道，那一天，他只能够出布。

请你们吃饭

周末他请三个人吃饭。他认为他们非请不可。三个人中有两位是他的上司，有一位是他相处多年的朋友。中午他就打电话跟他们联系，每个人都说，没问题，于是他跟酒店订好了包厢，并在黄昏时候提前赶到。服务生问他现在上菜吗？他说上。服务生问他标准呢？他说，当然是680元的。

是一种类似于火锅的套餐，分成180元、380元和680元三个档次。——请客时他是不会给自己丢面子的。

他在这个城市待了近三十年。城市很大，分成老城区和新城区。老城区多为居民住宅楼和政府行政部门，新城区是近几年迅猛发展起来的商业区。他的家还住在老城区，家中有父亲和母亲；他的工作地点则在新城区，从大学毕业后他就一直待在那个公司。工作很顺利，不过他为此付出了很多努力。尽管离家并不算远，可是他很少回家。他得利用周末时间学习韩语、企业管理、电脑和国际贸易，打各种各样的电话，给远方的朋友写明信片，请别人吃饭或者被别人请吃饭……他很忙，每个周末都很忙，就像今天这个周末。

他给其中一位上司打电话，问他走到哪里了。上司抱歉地说真不巧，刚才一个重要客户要我过去一趟，事关重大，所以恐怕不能来了……他说没关系，你忙你的。他喊住服务生，说，把套餐换成380元的吧……有一位朋友不能来了，680元的怕吃不了。

其实浪费并不是大事。而是因为，他请客的本来目的就是求助于那位上司。既然他不来了，那么，他想，680元的最高标准也就没有什么必要了。三个人380元，档次并不算低。

这时他接了一个电话，是另一位上司打来的。他们平时彼此以兄弟相称，说话很是随便。那位上司说真不巧家里突然出了点事，得留在家里处理，好像不能出来了……他问必须你处理吗？上司说必须我处理……这样吧，明天或者下个周末，我请你，以示赔罪。话说到这个份儿上，他也就没有了办法。挂上电话后他再一次喊来服务生，尴尬地说现在能不能换成180元的标准。看服务生有些不解，他解释说，又有朋友不能来了，不想浪费。服务生训练有素地说，没问题。

菜很快上齐，桌子上的煮锅开始沸腾。服务生指着几盘生肉生菜问他，现在下锅吗？他点点头，服务生就帮他将几盘菜倒进了滚动的汤锅。现在只剩他和那位相处多年的好朋友了，他想这顿客请得好像有些多余。既然是这么要好的哥们，有必要在这种档次的酒店里点一桌180元的套菜吗？门口就有大排档，两个人酒足饭饱，60元足够了。这样想着他就感觉自己办事不太牢靠，刚才为什么不先联系一遍再点菜呢？现在，显然，他和朋友必须把这 180 元全部吃掉了。

可是让他想不到的是，朋友这时候也打来了一个让他沮丧万分的电话。朋友说他身体不太舒服，想去医院打一个吊针，然后回家躺一会儿，实在对不起，改日一定摆酒谢罪云云。倒是他有些不好意思了，他说吊针比吃饭重要多了……饭什么时候不能吃？

可是满满一桌菜他一个人怎么吃掉呢？打包？他宿舍里连个热饭的炉子都没有。再说很多菜已经在沸水里上下翻滚，根本不可能打包。

他的电话再一次响起来。

这次是他的父亲打来的。

父亲问今天你回家吗？他说，不了。父亲说如果不太忙的话，回来看看，你已经一个多月没回家了。很忙吗？他说，有点忙。父亲问你现在在哪儿？他说，在酒店里……哦对了，你和妈吃过饭没有？父亲说，还没有。他说，那过来一起吃吧！他感觉父亲在那边愣怔很久，然后问他，你刚才说和你一起吃饭？他说是啊是啊。我请客。我请你和妈吃饭。

放下电话，他想起一个连自己都不愿意承认的事实：他请无数人吃了无数顿饭，却唯独没请父亲和母亲吃过任何一顿饭。

父亲和母亲很快赶来。从时间上判断，他想他们肯定打了出租车。他们丝毫没有怀疑儿子为什么要突然请他们出来吃饭，或许他们也曾怀疑过吧，却不会揭穿他。三个人第一次在家以外的地方一起吃饭，吃一份这个酒店里最低档次的套餐。饭间他分别敬父亲和母亲一杯酒，将酒一饮而尽的时候，他有一种想哭的冲动。

那天，他回了家，住了一个晚上……

周一刚刚上班，就有同住一个小区的同事告诉他，昨天你爸妈在小区里到处招摇你请他们在大酒店里吃了一顿高档饭，说你还给他们敬酒，祝他们身体健康……

一番话终让他泪水滂沱。

最漂亮的鞋子

　　一开始谁也没有注意到她的鞋子。她坐在轮椅上，鞋子藏在裙摆里。她衣着光鲜，笑容灿烂。

　　是一个笔会，组织者把行程安排得很紧。景区多距市区很远，一群人乘坐旅行社的大巴，她总是走在最后。上车的时候，她会温婉地拒绝所有人的搀扶，她将身体前倾，双臂撑起大巴车临门的座椅，便上了车。然后，靠着双臂的支撑，身体一点一点往前挪动。很多人盯着她看，赞赏的或者怜悯的，她都不理会。她有修长的双腿，可是那腿，却支撑不起她的身体。她在走自己的路，用了结实的双臂。

　　她总在笑。笑着，你就忘记她的腿，忘记她的不便。然后，待下车或者上车，便再一次注意到她。——她拒绝任何人的帮助，她前倾了身子，双臂撑起，她微笑着说，我可以。

　　五天的行程，天天如此。

　　最后一天下午，难得的自由活动时间，于是结伴出去购物。是一条繁华的街道，两旁店铺林立。一家店铺一家店铺逛下来，不觉来到一家鞋店。进了门，想起她在，才感觉有些不妥，想退出来，又似乎太过造作和夸张。看她，却并不在意，笑得更灿烂。她说，我最喜欢逛鞋店啦。

心中不觉一惊。

这才注意到陪伴她五天的鞋子。

一双一尘不染的鞋子。红色，高帮，高筒，高跟，有着动人的弧线和温润的皮革光泽。鞋子像两朵盛开的红色百合，或者两只尊贵的金樽。鞋子一丝不苟地系了时尚的鞋带，银亮的鞋花告诉我们，这是一双价值不菲的名牌皮鞋。

我知道，其实之于她，哪怕再昂贵再漂亮的鞋子，其作用，也许也仅限于保暖。她走不了路，她坐在轮椅上，她的鞋子踩在踏板上，藏在裙摆里，根本无人注意。仅仅在上下大巴的时候，她的脚尖才会艰难地轻点一下地面，她的鞋子才会露出一点点红。并且，我一直弱智地认为，对所有有着足疾或者腿疾的人来说，鞋子应该是一种痛，一种伤，一种刺目，一种回避，而不会成为鞋子拥有者的美丽或者骄傲。

看来是我错了。

她自然是美丽和骄傲的。她指着脚上的鞋子给我们看，她告诉我们什么样子的鞋子最合脚，什么样的鞋子物美价廉，什么样的鞋子应该搭配什么样的裤子或者短裙。她说，我家里，收藏着五十多双漂亮的鞋子呢！

还有什么话可说？其实，漂亮的鞋子之于任何人，所代表的，都是一种自信，一种行走在世上的态度。那么，五十多双漂亮的鞋子所代表的，又是怎样的一种自信，怎样的一种行走态度啊。她并不认为自己有腿疾，或者，她并不把腿疾当一件严重的事情，或者，她对于腿疾的欣然接受，远比我们想象中乐观和彻底。万水千山走遍，凭借的，不是脚，不是钱财，而是乐观，是信念，是态度。

非常自然地，那天，她挑走了店里最漂亮的鞋子。她虔诚地捧起鞋子，像捧起她的生活。

那么，这肯定是你所有鞋子里最漂亮的一双吧？我指指她怀里的鞋子，问。

当然不是，她微笑着说，每一天，我脚上穿着的，才是我最漂亮的鞋子。她指指自己的脚，抬起头，骄傲地说。

请参观我的花园

请参观我的花园吧。女孩说，这是世界上最漂亮的花园。这是花园的栅栏，栅栏上爬着的那些牵牛花儿，都是我亲手播下的种子。栅栏很低，这样行人即使站在街上，也可以看见花园里的鲜花。你知道栅栏外边正开着的是什么花吗？你当然不会知道。是金银花！难道你没注意吗？一黄，一白。一金，一银。是我春天时栽下的，想不到这么快就开了花……

我带你进花园里看看吧。女孩说，你慢慢看，这个花园大着呢。你跟住我，沿着卵石小路走，千万小心长着尖刺的蔷薇枝。你还要小心蜜蜂，这个季节的蜜蜂是最多的。当然，只有花开得多，开得好，开得香，才能引来成群的嗡嗡叫的蜜蜂……你知道这丛金黄色的是什么花儿吗？是四季菊！人们说四季菊只能栽在花盆里，我却成功地将它们移到了花园……

这棵树叫作合欢树。女孩说，你认识合欢树吗？你读过作家张贤亮的《绿化树》吗？我在收音机里听过。那里边说的绿化树，就是合欢树。你来得晚了，没赶上它开花。如果早几天来，早上十天，或者早上半个月，你会就看到它粉红的绒毛一样的花儿。花开得很盛，堆着，挤了满树，就像撕了一片晚霞铺到树上，哪怕离花园很远，你也能闻到甜丝丝的花香。合欢花，又叫马缨花……

这棵树你肯定认识。女孩说，是的，这是桃树。这棵桃树是我从乡下带回来的，一开始它只是一根树苗，又瘦又小。你知道这是什么桃树吗？是扁桃。你看到树丫上的桃子了吗？是扁的，不大也不红，但是非常甜呢。你要不要尝一个？你应该尝一个的。你知道扁桃又叫什么桃吗？叫蟠桃！我猜你肯定大吃一惊吧。当年孙猴子看守王母娘娘的蟠桃园，看的就是扁桃。所以你千万别小瞧我这个花园，有王母娘娘的蟠桃呢……

知道这几棵是什么花吗？女孩说，你说对了，都是玫瑰花。这是红的玫瑰，这是紫的玫瑰，黄的玫瑰，白的玫瑰……知道一天里什么时候玫瑰花最漂亮吗？当然是早晨。早晨，花苞上还沾着露珠，花瓣好像是透明的，早起的蝴蝶在花苞上跳起舞，淘气的猫咪在花丛间扑着蝴蝶……玫瑰是爱情的象征吧？等我长成穿着白裙的大姑娘，我想会有一位很帅的小伙子送我大红的玫瑰……

你再看看这边，女孩说，这边的花儿更多。鸡冠花，夜来香，巴西红，老来娇，太阳花，一串红，石榴……这边还有一棵无花果树。你知道吗？无花果树是世界上唯一一种一年结两次果实的果树呢。无花果成熟了，外面仍然是绿的，里面却早已红艳艳了。熟透了，就会裂开一点点，你站在树下，满树的无花果都在朝着你笑……

我的花园还不错吧？女孩说，很多人对我说，这是世界上最漂亮的花园。我让你看了花园里所有的树所有的花，你肯定很高兴，是吧？看看，你的嘴都笑歪了。当然这是不能白看的，你知道，每天我都要给这些花花草草施肥、浇水、喷洒农药……我为这个花园付出了辛勤的劳动……给多少钱？你看着办，多一些，少一些，都行。你放心我从不乱花钱，我会把这些钱存起来，等我弟弟上了大学，给他用……你小心别被这些蔷薇枝扎伤了腿……好了，现在我们关起栅栏门……

男人微笑着，从口袋里掏出十块钱。非常感谢你，他把钱递给小女孩，这的确是我见过的最漂亮的花园。并且我相信，你的花园会一天比一天漂亮……

男人跟女孩道别，走向不远处等候的女儿。女儿不高兴地噘起了嘴巴，说，整条街都知道她是疯子，你竟还给了她十块钱……

男人冲女儿笑笑说，刚才她真的很快乐呢。

女儿说她的快乐非常重要吗？我在这里，等了你将近半个小时……

男人说当然，她的快乐非常重要。她和你一样，是一个小女孩……更何况，她用了半个小时的时间，给了我一个非常漂亮的花园……

远处的女孩，安静闲舒，脸上遍洒阳光。她的膝盖上放一张卷了毛边的纸，纸上胡乱地抹涂着一些简单的线条和各种杂乱无章的颜色。在那上面，你根本分不清哪些是树，哪些是花，哪些是蜜蜂，哪些是栅栏……

天使之手

　　第一次坐飞机，难免有些紧张。男人把乘机注意事项看了又看，又在口袋里揣好几包口香糖。邻座静静地坐一个女人，齿皓目明，表情恬淡。他把口香糖递给女人一颗，女人微笑着摆摆手，又指指他的安全带。

　　头一次坐飞机？女人似乎看出他的不安。

　　是。他不好意思地说，心里直打鼓。

　　不用怕的，女人安慰他说，就像坐汽车坐火车坐轮船一样。再说，还有空姐……

　　飞机直冲云霄，短暂的不安很快过去。男人稍感不适，女人劝他解下安全带。只管放松，女人说，现在，你可以尽情享受你美好的云端之旅了。

　　的确是这样。窗外云彩时而拉成一线，时而簇拥成群，那是地面上根本不可能看到的美妙景致。男人看看女人，心里对她充满感激。他感觉身边的女人，才是一位真正的空姐。

　　此时的女人正在静静地读一本书。

大约半小时以后，男人突感机身轻微地一颤。他以为是误觉，看看身边的女人，发现女人正盯着他。机身再猛地一颤，这次幅度很大，男人便知道，他们遇上了麻烦。

果然，广播里传出一个非常不好的消息：飞机突遇冷气流，可能有些麻烦。请大家系好安全带，不要随便走动。

机身继续颤动，窗外一片昏暗。机舱里死一般寂静，每个人都深知他们的危险处境。

男人慌乱起来。他明白如果飞机继续这样下去，等待他的将会是什么。他的脑子里闪现出机毁人亡的镜头，浮现出儿子和妻子的笑脸，又想起在一个遥远的城市，母亲正焦急地等他回家。恐惧被一点一点地放大，他的心脏几乎承受不住这突如其来的压迫。他感到呼吸困难，心脏碎成无数瓣。他想他的哮喘即将发作，也许飞机还没有坠毁，自己就已经先倒下了。

突然有一只纤细和柔软的手握住他流着汗的手。是身边女人的手。那手先是轻轻搭上他的手背，然后，慢慢地加着力气。那只手让男人有了些微的心安，扭头看看女人，女人正坚定地看着他，似乎对他说：不怕。男人的手上便也加了力气，两只陌生的手紧紧地握到一起。

男人的心，便有了依靠。似乎勇气正从女人的五指间慢慢传递给男人，让男人逐渐变得冷静。他的呼吸一点一点顺畅，他的表情一点一点轻松。虽然仍然不安，可是男人知道，现在，虽然他战胜不了冷气流，可是他已经战胜了自己。后来他甚至冲女人做一个故作轻松的鬼脸。他看到女人轻轻地笑，男人终在那一刻，彻底放松。

飞机停止颤动，广播里再一次传出机长的声音：一切恢复正常，谢谢你们的合作……

机舱里一片欢腾，男人更是欣喜若狂，不顾一切拥抱了身边的女人。他发现女人同样激动，脸颊上，分明挂着两滴晶莹的泪花。

几分钟以后，男人再一次看到窗外簇拥成团的美丽云朵。他转过头，笑着对女人说，刚才，你就像云端上的天使呢。

女人红着脸问为什么。

男人说因为你的手。或许对你来说，握住一位陌生人的手是很自然的事情，可是对我来说，这只手，却有着天使一般的温度。男人指指窗外一闪而过的云彩说，云端上的天使，给我信心与勇气……

女人轻轻地笑。她说那时候我可没有想太多。可能你还不知道，我也是第一次坐飞机，对于刚才的事情，心中也是非常害怕。握住你的手完全是女人下意识的本能吧？当飞机恢复正常，我甚至对刚才的举动感到一丝羞愧。不过我还是要感谢你——因为你的手，因为你的鬼脸，让我战胜了恐惧。所以其实，你才是云端上的天使……

生活中，就是这样吧？面对突如其来的难关，两个陌生人的手紧紧地握到一起，那么，在这时，毫无疑问，你们彼此，都是对方的天使……

疤　痕

　　她长得很漂亮。可是左边的眉骨上，有一道深深的疤痕。

　　那时她还小。父亲推着独轮车，把她放在一侧的车筐。田野里到处是青草的香味，她坐在独轮车上唱起歌。后来她听到山那边响起"哞——"的一声，她站起来观望，车就翻了。

　　那天很多村人对她父亲说，怎么不小心一点呢？这么小的孩子。

　　她喜欢唱歌和跳舞。小时候在村人面前唱唱跳跳，便有村人夸她，唱得好哩，妮子，长大做什么啊？她就会自豪地说，电影演员。

　　她慢慢地长大着。长到一定的年龄，便意识到自己的脸上，有一道难看的疤。从此她不在外人面前唱歌。她怕别人问她，长大后干什么。

　　后来她去遥远的城市读大学。她读的是与"演员"毫不相关的专业。但有那么一个机会，她还是去试了试某电影学院的外招。结果，如她想象的完全一样，她被淘汰了。

她不知道，是不是因为那道疤痕。

大二暑假回家的时候，父亲为她准备了一个小的敞口瓶，瓶子里盛装着一种黄绿色的黏稠的糊。父亲说，这是他听来的偏方，里面的草药，都是他亲自从山上采回的。听说抹一个多月，疤就会去了呢！父亲兴奋着，似对自己的话，深信不疑。

她开始往自己的疤上涂那黏稠的糊糊。每天她都会照一遍镜子，可那疤却是一点儿也没有变淡。暑假里的某一天，要有几位高中同学来玩，早晨，她没有往眉骨上抹那黏糊。父亲说怎么不抹了呢，她说有同学来玩，父亲说有同学怕什么，她说今天就不抹吧。可是父亲仍然固执地为她端来那个敞口瓶，说，还是抹一点吧。那一瞬间她突然很烦躁，她厌恶地说不抹了不抹了，伸手去推挡父亲的手。瓶子掉到地上，啪的一声，摔得粉碎。

父亲的表情也在那一刻，变得粉碎。还有她的希望。

以后的好几天，她没有和父亲说话。有时吃饭的时候，她想对父亲说对不起，但她终究还是没说。她的性格，如父亲般固执。

回到学校，她的话变得少了。她总是觉得别人在看她的时候，先看那一道疤。她搜集了很多女演员的照片，她想在某一张脸上发现哪怕浅浅的一道疤痕。但所有的女演员的脸，全都是令她羡慕的光滑。

她变换了发型。几绺头发垂下来，恰到好处地遮盖了左边的眉骨。她努力制造着人为的随意。

那一年她恋爱了。令她纳闷的是，男友喜欢吻她的那道疤。

大三那年暑假，她再回老家，父亲仍然为她准备了一个敞口的瓶子，里面盛装的，仍是那种黏黏稠稠的黄绿色糊糊。父亲嗫嚅着，其实管用的……真的管用。父亲挽开自己的裤角，指着一道几乎不能够辨认的疤痕说，看到了吗，去年秋天落下的疤，当时很深很长……现在不使劲看，你能认出来吗……我这还没天天抹呢。

看她露着复杂的表情，父亲忙解释，下地干活时，不小心让石头划的……小伤不碍事。却又说，可是疤很深很长呢。

她特别想跟父亲说句对不起，但她仍然没说；她特别想问问当时的情况，但她终于没敢问。她怀疑那疤是父亲自己用镰刀划的，她怀疑父亲刻意为自己制造一个和她一模一样的疤。她害怕那真的是事实。她说不出来理由，但她相信自己的父亲，会那么做。

整整一个暑假，她都在自己的疤上仔细地抹着那黏稠的糊。她抹得很仔细，每次都像第一次抹雪花膏般认真。后来她惊奇地发现，那疤果真在一点一点地变淡。开学的时候，正如父亲说的那样，不仔细看，竟然认不出来了。

可是她突然，不想当演员了。

星期六晚上她和男友吻别，男友竟寻不到那道疤痕。男友说，你的疤呢？

她笑笑，说，没有疤了。

其实，她知道，那道疤还在。

疤在心上。

十分痛

父亲生来迂腐。当初送他读大学，父亲唯一的希望就是毕业以后他能够留在城市，有一份不错的工作，有一栋叫作家的房子，有一种不同于乡村的城市生活。可是他偏偏选择了个人创业，从银行贷下一笔款，又独自跑到陌生的乡村搞起养殖。记得把想法说给父亲听时，父亲拍着桌子冲他吼叫。父亲当然不会同意，在他看来，放弃好不容易分配的工作，大学就等于白读了——何况花了那么多钱，吃了那么多苦。

可是他义无反顾。资金投出去，场舍建起来，再雇上几个帮工，创业就算开始了。打过几次电话回去，每一次，父亲都要把他教训半天。不过还好，生活虽然艰苦一些，养殖场总算慢慢走上正轨，如果一切顺利，两年后就能见到利润。把这个消息告诉父亲，父亲在电话里瓮声瓮气地说，吃那么多的苦，赚点钱还不应该？语气已不像以前那般生硬。

几天后父亲突然来到这里。他坐了一天一夜的火车，扛来他所有的生活用品。父亲说我给你打个零工吧，管三顿饭就行。他笑，与父亲之间的隔阂顷刻间消失。可是两个人的分歧还在，父亲坚持认为读完大学又跑到乡下，等于将大学浪费掉了。

迂腐的父亲学起养殖的活计，竟然很快上手，直至精通。他说这和在老家养猪差不多，只不过饲料得好一些，牲口多一些，规模大一些。晚上与他一起预算将来的收成，父亲的脸上，竟也露出难得的笑。

病来如山倒，突然，他就不得不卧床休息。好在身边有父亲，不然的话，他不知道自己将如何对面眼前的一摊子事。父亲忙里忙外，不但把养殖场打理得井然有序红红火火，还日日为他煎熬草药。父亲说西药治标中药治本，老经验，错不了的。

父亲坚持说他是累病的。放着城里好好的工作不干，硬要跑到这里受罪……父亲说着，又红了眼圈。灶火上煨着砂锅，发出咕嘟咕嘟的声音，父亲每隔一会儿就要掀开盖子，看看正熬的药好了没有。他说还好有我在，不然的话，你哪里懂得熬草药呢？

可是他的病缠缠绵绵，不见大的好转。西药天天要吃，中药也已经吃了三服。他有些急了，决定不再吃药，决定不去管自己的病，决定亲自打理养殖场。他说又不是什么大病，只是头有些晕，身上没劲……在乡下，这哪能算得上病呢？父亲说不行，大夫嘱咐过的，你的病需要慢慢调养……再说有我在怕什么呢？再说还不都是你自己找的？放着城里好好的工作不干……

迂腐的父亲，现在又学会了唠叨。

熬剩的药渣，一直被父亲堆在院角。那天他把所有的药渣收拾起来，门前撒成扇形的一片。他问父亲您这是干什么呢？父亲说你忘了吗？在咱们老家，一直有这样的风俗。熬剩的药渣倒在街上，行人从药渣上走过去，就会将病带走，这样你的病，就会好得快一些。他对父亲说如果真的灵验，岂不是害了这个镇子上的人？父亲说害不了他们。病压在你身上，就是十分病，就是十分痛，分摊到十个人身上，每个人担一分，就不算病了；如果二十个人来分，一百个人来分，又会怎么样呢？那就谁也没有病，谁也不会痛。他笑，无语。心想就由着父亲折腾好了。甚至，那个瞬间，他竟也变得自私和唯心——倒希望这个方法，真的灵验。

可是养殖场建在村头空阔处，很少有行人经过。偶尔走来路人，见到药渣，也是从旁边小心地绕过去。——也许这里也有这样的风俗吧？他不敢问，他怕引起村里人的不快。

夜很冷。他蜷缩在被窝，梦一个接一个地做。他梦见养殖场有了二期工程，他坐在豪华的办公室里，喝着热茶；他梦见养殖场说倒闭就倒闭了，他背着一身债务，灰头土脸地远走他乡；他梦见他的病彻底痊愈，他光着脊梁，在烈日下的养殖场里挥汗如雨；他梦见所有人全都小心翼翼地绕过那摊药渣，并向他投来极其反感厌恶的目光……

他醒来，一身大汗。摸黑去灶间倒一杯开水，迷迷瞪瞪中突然感觉，门口似乎有人。忙把眼睛贴近玻璃，夜色里，他看到了自己的父亲。

父亲在不停地走。父亲在那摊药渣上不停地走。从药渣这边走过去，到头了，停下，转身，再走回来……父亲不停往返，每一步都走得很轻，每一步都落得踏实。父亲口中念念有词，凛冽的夜风里，他的身体不停地抖。月光下，父亲的表情，无比虔诚。

身上十分痛，心里痛十分。似被人迎面一击，他的鼻子猛地一酸。现在，突然间，他多么希望这个祛病办法真的不过只是一个风俗，而不能够灵验……

一簇塑料花

注意那个男人已经很久，他穿着洗得发白的中山装，消瘦，修长，背微驼，戴一副无框眼镜。只看长相和穿着，他应该是某个单位的领导或者某所大学的教授，然而，他却靠捡垃圾为生。

我发誓绝对没有瞧不起他。我只是心生纳闷,这样一个男人,做什么不可以呢？——也许有些卑微是自己寻来的，也许有些人，天生就喜欢有些卑微的生活。清淡，忙碌，与世无争，朝不保夕。可是对他来说，这怎么可能？

从第一次见他，他就穿着中山装，冬天过去一半，他仍然穿着那件中山装。奇怪的是他的中山装虽然很旧,却总是洗得干净,甚至带着叠压的褶皱。这让我怀疑他有至少两件完全相同的中山装轮流来穿，或者，在晚上，他将衣服洗干净，想办法烘干，再小心地折叠起来，然后，第二天早晨，认真地穿上……

他常常在清晨来到这个小区，骑一辆虽然破旧却擦得锃亮的三轮车，手持自制的铁耧。他站在垃圾桶边仔细地翻找和挑拣，目不斜视。他做的是一件卑微的事情，却总感觉他在从事一项伟大的事业，从他的脸上你看不到任何卑微和渺小，只有专注和敬业。

后来听朋友说，以前，他真的是一位老师。不过不是教授，只是一位小学民办教师，学校处在大山里，他的工资极低。后来那个学校撤掉，他就进了城。他有一个读大学的女儿，他一个人靠捡垃圾供她读书，生活的艰难可想而知。问他为什么不做别的，他说我一介秀才，能做什么呢？朋友讲到这里时，加一句感慨：百无一用是秀才啊！听得我心里很不舒服。朋友接着说他还写得一手好字，常常把拣来的没有用过的纸张订成本子，练习他的硬笔书法。问他练书法有用吗？他回答说没有用。没有用，仍然要练。有人见过他写的字，说他写过的每一张纸，都可与庞中华的字帖相媲美。

我没有见过他写的字。我怀疑那是朋友的夸张。可是他正在被这个社会丢弃，并且愈加彻底——这毋庸置疑——他空有一身武艺，却毫无用处。

那天收拾衣柜，翻出几件虽然很新却不能再穿的衣服，心想反正留之无用，不如送给他好了。找一个大纸袋将衣服装好，下楼，站健身场上等他，远远见他来了，忙把纸袋放进垃圾桶，再返回健身场装模作样地压腿。我见他弯腰拾起那个纸袋，打开看一下，又扭过头看看我，目光中充满不解。我赶忙逃掉，像做过一件亏心事般紧张。

大约两分钟后，他敲开我的房门。他抱着那个大纸袋，问我，这是您放进垃圾桶里的吗？

我说是的。是一些我不能再穿的衣服……我近年胖了……衣服没有用了……

哦，这样。他笑笑说，您确定要丢弃它们吗？

我说确定。

他笑一笑，转身离开，没有再说一句话。他的中山装洗得发白，他有了白发，他的背影微驼。

第二天上午，他再一次敲开我的房门。首先映入眼帘的，是很大一簇花。塑料花，完全用废弃的方便面包装袋扎制而成。每一朵花、一片花瓣都充分利用了塑料袋上原有的颜色和图案，缤纷绚烂，几乎能够以假乱真。男人的脑袋从花束后面伸出来，冲着我笑。

送你的花。他说，我亲手扎的。

你亲手扎的？我惊讶不已。

是啊，以前教过的一个孩子教给我的。他说，当心情烦闷时，我就用拣到的方便面包装袋扎些花，然后送给帮助过我的人……我没有好东西送你，我只有塑料花。

他扎得非常棒，似乎那些塑料花正在悄悄开放，散发出一缕缕的清香。真想不到这个戴眼镜的男人竟会有这样灵巧的手和这样细敏的心思，竟能让人们随手丢弃的废品，重新焕发出新的生命。

那么，这个男人，这个被人们认定正在被世界丢弃的男人，也正焕发着新的生命吧！

那天我们聊了很多，男人却站在门口，死活不肯进来。最后他说，等他女儿大学毕业，他就再回乡下找一份教书的工作。他不管钱多钱少，他只是喜欢那个职业。他相信自己能够找到。因为，即使现在，他也一直没有放弃他的教案。

现在做这些，全是因为女儿。他有些无奈地说，我得多挣些钱。

他送我的那簇塑料花，至今，仍然盛开在我的茶几上。昨天突然接到他的电话，说他已经开始上课了，不过不是乡下，而是本市一所很有名的学校。他还告诉我，两年前我送他的衣服，他一直没有穿，但他肯定会好好保存。

——他真的有两件一模一样的中山装。他并不需要那些衣服。当时他微笑着接受，只因为，他不想让我难堪。

在那段日子里，其实，试图帮助他的，远非只我一个人。很多人都送过他东西，用的多是一种悄悄的方式。这些东西，有些用得上，有些用不上，他的回赠，永远是一簇塑料花。他说世界并没有完全将他丢弃，这么多人没有用一种令他不快的施舍方式偷偷地帮助他，就是证明。

还有什么话可说呢？我只能祝贺他。我只能祝福他。一个被人们认定彻底被丢弃的男人，竟然在他最艰苦的日子里，满怀信心地扎出一朵又一朵一簇又一簇美丽芳香的塑料花，并努力维系着类似我这样的很多个陌生人的自尊。这样的男人，他的生命颜色，他的生命硬度，都远比我们优秀。

似乎这世上，真的没有任何人和任何事，可以彻底丢弃任何一样东西。即使它们被丢弃，只要颜色还在，只要信念还在，只要爱与善良还在，终有一天，都会绽放出新的生命。

就像塑料花。就像他。

再等一天

　　他下了决心，要在那个周末，结束自己年轻的生命。他知道自己是那样脆弱，可是没有办法，一切，都那么无奈和伤心。

　　考试落榜，女友离去，职位被炒，应聘失败，生活不断跟他开着恶意的玩笑，摧毁着他可怜的信心。他一点点地变得穷困潦倒，颓废不堪。一个月前，他去应聘一家大公司。他把那当成最后的希望。假如应聘成功，他想，生活还可以继续；假如失败，那么，他将选择自杀。

　　并不是他把那个职位，看得多么重要，而是他害怕再一次失败的感觉。清晰的、刻骨铭心的、世界变得灰暗寒冷的感觉。那种感觉，他太过熟悉。

　　他脆弱的神经，已经不能承受任何最轻微的打击。

　　可是直到两天前，他也没有收到那家公司寄来的录取通知。那是最后的期限。显然他已经被淘汰了。这是致命的失败。

　　母亲周末才能回来，他写好了遗书，放在茶几上。想了想，又放进写字台的抽屉。他不想让母亲过早发现他的遗书。他去意已决。

他把生命的终点，选择在一个遥远的风景区。他坐上火车，咣咣当当，直奔那里而去。一路上他什么也没有做，只是蒙头大睡。也有睡不着的时候，他就把打开的手机关掉，再打开，再关掉，再打开。他不知道自己还在等待什么。是啊，一个临死的人，还有什么可以等待的呢？

他在清晨接到母亲的电话，那时他刚刚醒来，正倚着列车的窗口发呆。他看到熟悉的电话号码，眼泪一下子涌出来。他想还是接吧，听听母亲的声音，也让母亲听听自己的声音。可是他想，不管如何，不管母亲如何劝他，他也不会回去。

他不想面对失败。但他可以面对死亡。

母亲说你在哪里？怎么不回家。他说有事吗？母亲说那个公司的录取通知刚刚寄来，她刚刚帮他，签好了名字。他说真的吗？母亲说这还有假？他说你去过我的房间吗？母亲说去过。他说你在我的房间里发现到什么吗？比如一张字条。母亲说什么字条？你怎么了？他说没什么，我马上回来。

他相信，母亲没有骗他。或者，即使母亲在骗他，当他发现事情的真相，也会坚持自己的选择——结束生命。只不过，将会把时间推后几天而已。

他在下一个小站下车，然后直接登上返程的列车。两天后，他真的从母亲手里，接过那张录取通知。于是他去那家公司上班，涨薪，升职，心情变得越来越好，跳槽，开办自己的公司，一路走下来，事业越做越成功。

他一直保存着那份遗书。直到某一天，他把它拿给自己的母亲看，他说，我是死过一次的人了……如果，没有那张及时的录取通知……

母亲笑笑，看过了。她说。

他愣住。

母亲说，那天在你的抽屉里，看到的。其实那天，并没有录取通知，可是，我仍然打电话给你……

可是那张录取通知，却是真的啊！他说。

当然是真的，母亲说，只不过，通知是在我打完电话后的第二天中午，才寄到的。那时候，我正在考虑，你回来后，我如何开导你，才能打消你轻生的念头……

母亲的话，让他后怕不已。他想，假如母亲不用一张虚构的录取通知骗他回家，假如在他回家时，那张录取通知仍然没有寄来，那么，他将肯定选择结束自己的生命。他知道年轻时的自己，冲动并且脆弱。

可是他仍然活下来，只因为，他多等了几天。这几天里，因为一张录取通知，一切峰回路转。

其实一切都没有改变，包括路途中的录取通知。改变的，不过是他的生活，以及心情。

所以，有时候，当你面临绝境，接近崩溃；当你心灰意冷，打算舍弃一切，这时候，不妨再等几天，哪怕仅仅一天。说不定，一切都会好起来。

让客套变得真诚

那天我的文章进展很不顺利。先是被煤气刷卡员打扰，然后接到两个打错的电话，紧接着又有邮递员上门送挂号信，思路被一次次打断，我烦不胜烦。是交稿的最后期限，编辑那边催得火急，说整本杂志就差你的专栏了。可是没有办法，那天我的思维，变得异常迟钝。

一个小时过去，思路终于变得顺畅和清晰，可是刚刚敲下两行字，就再一次被突如其来的敲门声打断。那是陌生的敲门声，笃，笃笃，笃，笃笃，节奏感强烈，小心谨慎却韧劲十足。

怒气冲冲地去开门，见门外站一位背一个大布包的男孩。男孩戴着眼镜，穿着笔挺的西装，扎一条银灰色领带。天气酷热，可是男孩的领带却打着漂亮并且结实的结。他一只手擦着汗，一只手把那个大布包往肩上颠了颠。他拘谨地冲我笑笑，说，对不起打扰您了。

我问他，有什么事吗？满脸不耐烦，身体把防盗门堵得很紧。

他说，是这样，我是某某公司的推销员，我们公司新推出一款剃须刀，价格很便宜……

可是我已经有一个非常不错的剃须刀了。我打断他的话，我不再需要任何剃须刀。

可是我们的剃须刀很便宜……男孩满脸窘迫，他重复着他的话，脸上的汗不停地淌。我怀疑他刚做推销员不久，此刻他肯定非常紧张。

要不这样，你留下名片，我需要的话，会打电话给你。我抱着双臂，下了逐客令。

对不起我没有名片。男孩肯定听出我的推托之辞，红着脸说，您听我说，我们的剃须刀，真的很便宜……

可是我不需要！我冲男孩咆哮一声，声音大到连自己都不敢相信。我想那一刻我终于爆发，整个下午积压到一起的怒火瞬间找到可以发泄的对象。随后我"嘭"地甩上了门，再也不肯理睬仍然站得笔直的男孩，一个人回到了屋子。

文章终在傍晚前完成。尽管很不理想，可是毕竟按时交上稿子，我的心情，也变得轻松很多。

去小区花园散步，再一次碰到那个男孩。男孩正坐在一个石凳上休息，看到我，急忙站起来，冲我尴尬地笑。

卖出剃须刀了吗？我问。想起刚才对他的态度，心中隐隐有些自责。

卖掉一个。男孩的脸再一次红起来，想不到能在这里碰到您……刚才我还一直在想要不要再去您家……

还去卖剃须刀？

不，我想给您道个歉。

给我道歉？

是，给您道歉。男孩说，我知道一个人心情烦躁又被打扰的滋味……

你怎么知道我心情烦躁？

我注意过您的表情。

可是道歉的应该是我啊！我说，我有什么资格对你大喊大叫呢？我心情不好，又不是你的错……你只是推销员，你一点过错也没有……

可是我打扰了您。男孩说，这一切，只因为我敲开了您的门……所以，请您一定要接受我的歉意。

男孩说话时，始终盯着我的眼睛。他的表情郑重并且诚恳，他站得很直，两手贴紧裤缝，脖子上的领带依然打着漂亮的结。显然这是一位刚刚走出校园的男孩，他没有花哨的推销手段，可是他真诚的态度霎时打动了我。是的，真诚。此时的男孩，绝不是客套。他说话很慢，却感觉每一个字都踏踏实实，分量很重。他的表情诚挚，让人不忍拒绝；客套却不是这样。客套时，所有人说出来的话都是轻飘飘的，如同鸿毛掠过脸颊，不会有任何感觉。——我相信这世上有一种表情是不能够伪装的，那就是真诚。

那天我和他聊了很多，最后，我主动买下一只剃须刀。我想可以把它作为礼物送给我的朋友，我相信剃须刀的质量和价格都没有任何问题——因为男孩的笨嘴笨舌，以及镜片后面那双真诚的眼睛。

生活中我们会遇到太多客套，生活中我们也会给别人太多客套。问别人早上好中午好晚上好，祝别人健康祝别人快乐，向别人致谢跟别人道歉，等等。我们当然不是虚情假意，但太多时候，我们并不真诚。说那些话的时候，我们表情随意，心不在焉。可是我们并不在意对方的态度，因为我们并不指望对方相信我们的态度。

　　我在想，假如能让生活里的客套多出一分真诚，那么这世界，也许就会多出几分美好吧？

给别人留一把伞

　　将通暖气的最后几天里，供暖公司的大厅窗口，总是挤满了前来办手续的人。是一个下午，天阴沉着，又起了风，好像随时会洒下雨来。黄昏时真的下起了雨，初冬的雨，不大，却凉，满街飞着，冰的模样和寒冷。

　　工作人员拿出一些雨伞，整齐地排到门口。伞不多，全新，就像一排站立的等待召唤的士兵。有人办完手续，到门口，看下了雨，又看到伞，感激地笑笑，随手抓起一把，撑开，走进雨里，或步行，或骑了单车，或打了出租，就不见了。然后，第二天，或第三天，或更长一段时间，他们回来，说一句感谢的话或什么也不说，将伞重新排到门口。伞与人，与雨天，与窗口工作人员，形成一种默契。

　　那一对母女，终于办完所有手续。两个人走到门口，才发现下了雨。这样的天气让她们措手不及，女人看看手表，看看天，脸上露出焦急的表情。她对女儿说，看来我们要打一辆出租车了。

　　女儿指指立在门边的那把伞，她说我们可以打这把伞回家。

那是最后一把伞。淡蓝色的伞面，有着优美弧线的伞柄。——雨伞就像一位等待召唤的士兵。

女人看看雨伞，又看看女儿。她说不行。这是最后一把伞，我们得把这把伞留给别人。

为什么呢？女儿不解地问。

因为大厅里还有很多人。女人说，但是雨伞只剩下这一把。

难道他们比我们更需要一把伞吗？女儿问，把伞放在这里，不就是给我们提供方便吗？

正因为是给我们提供方便，所以我们必须要把这把伞留下。女人说，你可以想想，当大厅里最后一个人看到下了雨，又看到立在墙角的雨伞，会是怎样高兴的表情？而当他找了很久也没有找到雨伞，又会是怎样失望的表情？他或许会认为这里的工作人员根本没准备雨伞，或许，他们会对所有先前持伞离开的人产生出失望……

可是这跟我们有什么关系呢？女儿问，我们不过正好幸运地拿到了最后一把伞……

假如你把正好拿到这把伞当成幸运的话，那么明天，这幸运可能就换成了别人。女人说，其实类似这样的事情还有很多。比如公园的长椅上只剩下一个位置，比如餐馆的洗手间里只剩下一张擦手纸，比如公交车上只剩下一个座位，比如大厅里只剩下一把免费取用的雨伞……假如每个人都替他（她）后面的人想一想，那么公园的长椅就会永远有座位，洗手间里的擦手纸就会永远用不完，所有免费取用的雨伞也永远会至少剩下一把……你想想，这个世界，是不是更美好、更有人情味？

可是每个人都会这样做吗？女儿仰着脑袋问。

正因为不可能每个人都这样做，所以我们才必须这样做……永远给别人留一把伞，现在，或许是一种品质；以后，可能就会变成一种习惯。

提前报平安

急匆匆赶到机场，却得知飞机晚点。广播里说本次航班将延误一个半小时，声音软绵绵不急不躁，却让听到这个消息的人心生烦闷。好在有朋友与我同行，两个人可以在候机厅里慢慢喝杯咖啡。我们奔赴的是一千公里以外的一座城市，如果一切正常，飞机起飞的时间，应该恰好是到达那个城市的时间。

一个半小时，其实并不太长。读两份晚报，喝一杯咖啡，时间就熬过去了。我注意到朋友的脖子上挂一个很小的玉饰，玉饰上拴一根细细的红线，与他粗大肥硕的脖子极不协调。记得他以前是不喜欢佩戴玉饰的，问他，才得知是他的妻子硬派给他的。"说是能保平安呢，"朋友说，"每次坐飞机都要硬给我戴上，她说很灵验。"朋友幸福地笑，双手捧起那个玉饰给我看。似乎捧着的，是一个几克拉的钻石。

终于登上飞机，坐下，朋友抓紧时间给他的妻子拨一个电话。"已经下飞机了，"他说，"你别担心。这边有点冷……你给我带的那些衣服正好派上用场……"然后，关掉手机，正襟危坐，等待飞机起飞。

"怎么回事？"我不解地问他，"飞机还没动呢，怎么就到了？"

"可以假定它到了。"朋友说，"假定我们现在已经下了飞机，我当然要给她打一个电话报平安。"

"可是它明明还没起飞啊！"我说，"再等一个半小时给她打电话，不正好？"

"可是那样的话，她会多担心一个半小时啊！"朋友认真地对我说，"飞机早飞和晚飞一个半小时对我们来说是一回事，是不是？我们知道它不会出任何问题。可是对她来说，就不一样了。你知道为一个人担心是什么滋味吗？一分钟都觉漫长，何况是一个半小时。"

"你常常这么干吗？"问他。

"只要飞机或者火车晚点，只要她没有来送我，就这么干。"说到这里朋友狡黠且得意地笑了，"这个傻丫头竟一次也没有发觉呢。"

想想也是，爱一个人到极致，便是时刻都在惦念和牵挂对方，却不忍心让对方，多为自己牵挂和担心哪怕一分钟。

提前报平安。我想，这样的男人或者女人，在他们的爱情和婚姻里，都是伟大的哲人。

一掌阴凉

下了班车才知道，阳光竟是那般暴烈。明明记得出门时候，天上没有太阳的。没有太阳，加上走得匆忙，就忘记了带一把太阳伞。忘记带伞怎么行呢？在夏天里，在千万支利箭一般的毒辣阳光下，伞对女人来说，就是一个不可或缺的抵抗阳光的盾牌。

女人躲到一棵树下，蹙着眉，看满世界白花花炽烈的阳光。

身后五十米处有一家商店，男人知道，那里有太阳伞卖。

你在这里等我一会儿，我去给你买把伞。男人对女人说，又将手里的矿泉水递给女人。

女人急忙拉住他。动作急急的甚至是紧张的。似乎男人不是去买一把太阳伞，而是去买一套商品房。不用了不用了，坚持一下拐个弯就到了，女人笑着说，天上下的是阳光又不是硫酸。

家里有两把太阳伞，女人怎么舍得再让男人多花一份没有必要的钱呢？何况她也不是那种娇气的女人，何况这里离他们的目的地并不远。

真的不用？男人站在原地，回头问她。

真不用。我们走吧。女人说着，走出树荫。头皮霎时间发麻发烫，仿佛跳进一朵烈焰。

男人走到女人身边，举起一只手。右手或者左手，这无关紧要。手掌呈弓形，罩在女人头顶，就像在女人的头上扣了一顶厚实的太阳帽。女人轻轻地笑了，她说这点阴凉有什么用呢？以为我是搁浅的鱼？她往前跨了一步，手的阴凉瞬间偏离，女人再一次感觉到灼热和滚烫。男人快步与她并肩，调整手的位置和形状，女人的头顶，便再一次多出一小片男人为她制造出来的阴凉。

遮上一点是一点，男人笑着说，谁让你是我老婆呢？

男人第一次用自己的手掌为女人遮挡阳光，可是女人感觉，他似乎为她做了很多次。认真，专业，一丝不苟。几步以后，男人真的有了经验。他的手只搭住她的额头，他让女人明净的额与黑葡萄般的眼睛有了一片阴凉的保护。男人的举动无疑有些夸张了，街上不断有人扭过头看，女人的脸，便红了。

还是我自己来吧，她说着，慌慌地伸出一只手，搭上额头。男人说多了我的手，你的阴凉，不更多一些吗？手仍然固执地举着，仍然呈密不透风的拱桥状，不肯放下。

女人想男人并不夸张吧？她相信他是真的心疼自己。她想起那次，在街上，毫无征兆地，突然泼起了雨。两个人在雨中跑着，笑着，男人的一只手，也是轻轻罩在她的头顶。一只手能挡住多少雨滴呢？就像现在，一只手能挡住几寸阳光呢？可是女人感觉，那分明是一把伞啊！

当然还有。男人还有一个习惯。有那么一两次，陪女人过马路时，有汽车突然从旁边呼啸而过或者紧急刹住，男人便条件反射般地伸出了手。他要阻挡。不顾一切地阻挡。可是似乎，他阻挡的不是女人，而是汽车。他的手平举着，精神紧张着，似乎举出去的是汽车的制动。他知道自己的手不可能挡住汽车吗？他当然知道。可是他的手，仍然会伸出去。伸出去的手，其实是一种本能。与女人在一起时的本能。与爱情在一起时的本能。他不会想得太多。

就像现在。现在，他的手擎着，为女人制造出一掌阴凉，更多的，也是一种本能吧。一掌阴凉有什么用呢？一掌阴凉什么用也没有。只不过，爱情在一掌阴凉之中，在不知不觉的呵护与被呵护之中，逐渐牢固并且持久，逐渐朴实并且浪漫，战无不胜，并且坚不可摧。

用你的肩膀行走

还是热恋时候吧，那时候，女人常常跟男人撒娇。在夜里，寂寥的大街上，女人会突然停下脚步，轻趴上男人的后背。女人说脚好痛，背背我吧……男人看看女人，笑笑，顺从地低了身子，让女人可以抱他更紧更稳。那时候多年轻啊！那时候，男人的下巴刚刚长出淡褐色的绒毛，女人的脸上还挂着红色的可爱的粉刺。一会儿女人说，可以了。男人说再背一会儿吧！女人说真的可以了，就往下跳。怕她摔倒，男人急忙将她放下。女人如猫般小巧，却让男人流了汗又红了脸——这个时候的男孩都喜欢背着女孩吧？恋情像花苞一般美好——女人问你能一辈子都这样背着我吗？男人说当然，只要你需要……女人就开心地笑了。粒粒粉刺在月光下闪动着青春的光泽。

还是初婚时候吧，那时候，女人常常跟男人撒娇。在夜里，自家的门前，女人会突然停下脚步，轻趴上男人的后背。女人说楼梯好高哦，背背我吧……男人看看女人，笑笑，顺从地低了身子，让女人可以抱他更紧更稳。那时候多美好啊！那时候，他们在城市里有一栋属于自己的房子，他们在人世间有一份属于自己的爱与牵挂。家住七楼，每爬一层，女人就说，可以了。男人说再背一会儿吧！最多到第三层，女人说真的可以了，笑着往下跳。怕她摔倒，男人慌忙将她放下。女人如猫般妩媚，让流着汗的男人更像男人——这时候的男人都喜欢背着女人吧？爱情如花儿一般绽放——女人问你愿意一辈子都这样背着我吗？男人说当然，只要你需要……女人就开心地笑了。顺着楼梯往上走，女人把柔软小巧的手，偷偷塞进男人温暖的手心。

然后，女人就发生了意外。

是婚后第十七个年头吧，那时候，他们的儿子，刚刚读到大学。在黄昏，男人将体形臃肿的女人，从七楼背到一楼，背到小区花园的长椅上，再反身，从一楼爬到七楼，扛了她的轮椅，再从七楼下到一楼，将轮椅摆牢，然后，小心地将女人抱上轮椅，推她到不远处的小树林，看即逝的灿烂晚霞；一会儿，他们沿原路回去，在门前停下，男人背起女人，从一楼爬到七楼，进屋，将她抱到床上，再反身，从七楼下到一楼，扛起轮椅，再从一楼爬到七楼，再进屋，轮椅扛到客厅，放牢，然后，小心地将女人抱上轮椅。男人大汗淋漓，气喘吁吁。对现在的他来说，这样的强度，并不轻松。

因为，他已经不再年轻。

当然，女人是拒绝男人背她下楼的。她说我在家里就行，不是还有窗子吗？男人说你会闷的。女人说不，我不闷。女人不闷吗？也许不闷。可是男人必须履行自己的诺言。男人说过，我愿意背你一辈子。说这句话的时候，其实，男人和女人，并不理解这句话的意思。那时，初恋时，热恋时，新婚时，他知道，当他背起女人，更多的，不过是一种做派，一种爱情的外在表达。那时的女人，其实，并非真的需要他的肩膀、他的后背。可是现在不一样，现在，他知道，女人真的需要他。女人的故作轻松，女人的温柔拒绝，更多时，只是对他的心疼，对他的关心和爱。他确信无疑，他的肩膀，现在对女人来说，其实，就是她的行走。是她唯一的行走。女人的行走，只能够，依靠他的肩膀。

是的，他背起女人，走漫长的路，不再是做派。真正的爱情，不需要外在的表达，只需要内心的坚守。真正的爱情，你知，我知，两个人永远地一起行走，两个人永远地相依为命，足够了。

可是，当有一天，当你老去，当你背不动我，你会怎么办呢？女人笑着问他。

我会拥着你，静静地坐在窗前。我们一起看落日黄昏，一起回忆从前。——虽然我们同时停下脚步，可是爱情还在，爱情还在行走，爱情之河还在流淌。我坚信，我们将会一起度过生命里最美好的一段时光，不留任何遗憾。男人拥着女人的肩，轻轻地说。

父亲的游戏

两天前，儿子独自一人来到这个城市。现在，父亲要送他回去。

他们来到火车站，却在候车室的入口停下来。两个人盯着安检仪的小屏幕，那上面不断流动着各种箱包和编织袋的轮廓。

男人说看到了吗？把行李放进去，屏幕上就会照出行李里面的东西……你看看，这是一个脸盆……这应该是一床被子……这个，一双皮鞋吧。可是，它为什么能照出里面的东西呢？男人低下头，问他七岁的儿子。

是 X 光的原因……你昨天跟我讲过的。儿子说。

男人满意地点头。他说是，是 X 光。只有 X 光，才能把东西变透明了，我们才能看见它的里面。

男人穿一件蓝色的工作服，那上面沾着点点泥水的痕迹。男人头发凌乱，目光是城里人所认定的那种卑微。看得出来他在某个建筑队打工。城市里有太多这样的男人，他们从家乡来到城市，散落到各个建筑工地。然后，用超负荷的劳动，维系一种最低限度的期望。

男人说要是人钻进去，内脏就会清楚得很。这东西，就是你娘给你说的医院的 X 光机。

儿子使劲点点头。表情很是兴奋。

安检员不屑地撇了撇嘴。如果说一开始男人的话还有些靠谱的话，那么现在，他已经开始胡说八道了。

男人冲儿子笑笑，你看好了……

然后他就做出一个让周围所有人都大吃一惊的举动。他突然扑向安检仪，蜷了身子，像一个编织袋般趴伏。安检员大喊一声，你要干什么？可是来不及了。传送带把男人送进安检仪，屏幕上出现男人趴伏的瘦小轮廓。几秒钟后，男人被安检仪吐出。男人爬起来，满面红光。

安检员冲过来，朝男人吼叫，你发什么疯？

男人尴尬地笑。他说，我和儿子做游戏呢。

做游戏？安检员怒火冲天，你们拿安检仪来做游戏？这东西对身体有害你不知道？

男人慌忙朝他眨眼。安检员正大喊大叫，忽略了男人急切的眼神。男人飞快地拉起他的儿子。男人说，走，我们去等火车吧！

他们来到候车室，找两个座位坐下。男人问儿子，你刚才看清楚了吗？

儿子说，不是很清楚。

男人说没关系，你看个大概就行了。得了肺病的人，肺那儿会有一个很大的黑影，你看见我有吗？男人跟儿子比画着肺的位置。他比画得并不准确。

是，你那儿没有黑影。儿子认真地说。

这就对了。男人满意地拍了拍儿子的肩膀，你看我们多聪明，我们骗那个没穿白大褂的大夫说我们在做游戏，他竟信了。他竟没收我们的钱。你看看，我早说过你也能当大夫嘛。

是啊是啊。儿子两眼放光。

回去，你娘问你，你陪着你爹去看 X 光了吗，你怎么说？男人问。

去看过了。儿子说。

去哪个医院看的？男人追问。

去火车站医院看的。儿子回答。

好儿子。父亲捏了捏儿子的小脸，我们拉钩吧！父亲伸出手，勾住了儿子的小指。他们仔细地拉钩，每一下都很到位。

告诉你娘，我的肺病早就好了，别再让她担心。也别再让她把你一个人送过来，陪我去医院。男人站起来。火车马上就要来了。

好。儿子使劲地点头，你的肺上没有黑影，我和娘都知道你的病早好了。

男人笑了笑。他再一次捏了捏儿子红扑扑的小脸。

男人把儿子送上了火车，往回走。他走得很快。他还得赶回去干活。他还得在这个城市里拼命赚钱。他要把赚来的钱全部带回家。家里需要钱，他不敢去医院检查他的病。哪怕，只是挂个门诊，然后照一张 X 光片。

男人走得有些急。他轻轻地咳起来。咳出的痰里，夹着淡淡的血丝。他紧张地回头，却想起儿子已经上了火车。于是男人笑了。刚才他和儿子做的那个游戏，让他满足和幸福。

只要七日暖

几年前，我在市供暖公司上班，每天负责收取供暖费。我们这座北方小城，到冬天，家里如果不通暖气，似乎连空气，都能结成坚冰。

那年冬天来得特别早，仿佛秋天刚过一半，就到了隆冬。那个下午，在窗口前等待交费的人，排成长龙。我注意到一位男人，总是在轮到他的时候，就站到一边，独自待一会儿，似乎后悔了，再从队尾排起，等再一次轮到他，却又站到了一边，待一会儿，再一次回到队尾。好像，他想跟我说什么，却总也开不了口。

临下班的时候，整个交费大厅，终于只剩下他。我问您要交费吗？男人说，是交费，是交费。声音很大。很突然。语速夸张地快。似乎一下午的勇气和力气，全都集聚在一起了。

我问他家庭住址，他急忙冲我摆手。不忙不忙，他说，先麻烦问一下，能不能只交八天的钱？

我愣住了。心想，只交八天的钱，开什么玩笑？

他急忙解释，我知道这违反规定，我知道，供暖费应该一次交足四个月。可是，我只想交八天的钱。你们能不能，破个例，只为我们家，供八天的暖气？

男人五十多岁的样子，已经满脸皱纹，包括嘴角。那些话便像是从皱纹里挤出来的。每个字，似乎都饱经了风霜，苍老且浑浊。

可是为什么呢？我迷惑不解。

是这样的。男人说，我和我爱人，下岗在家，还要供儿子念大学，没多余的钱交供暖费的。——其实不交也行，习惯了，也不觉得太冷。可是今年想交八天，从腊月二十九，交到正月初七……

可是，一冬都熬过了，那几天又为什么要供暖呢？因为过年吗？我问。

不是不是。男人说，我和我爱人，过年不过年的，都一样。那几天通暖气，因为我儿子要回来。他在上海念大学……念大三，两年没回家了……我也不知道他在忙些啥，打工忙，还是读书忙。不过今年过年，他要回来……写信说了呢，要回来……住七天……要带着女朋友……他女朋友是上海的，我见过照片，很漂亮的闺女。男人慢吞吞地说着，眉毛却扬起来。

您儿子过年要回来住七天，所以您想开通八天的暖气，是这意思吧？我问。

是的是的。男人搓着手，有些不好意思。他回家住七天，我打算交八天的暖气费。——家里太冷，得提前一天升温，否则他刚回来，受不了的。……我算过，按一平方每天一毛钱计算——

是这个价钱吧今年——每平方每天一毛钱，我家五十八平方，一天是五块八毛钱，八天，就是四十六块四毛钱……错不了。男人从口袋里，掏出一小撮钱，推给我。我数过的，男人说，您再数数。

我盯着男人的脸。男人讨好地冲着我笑。又怯怯的。那表情极其卑微，为了他的儿子，为了八天的供暖费。

当时我极想收下这四十六块四毛钱。非常想。可是我不能。因为不仅我，连供暖公司，也从来没有遇过这样的事。

于是我为难地告诉他，我得向上面请示一下。因为没有这个先例。这件事，我做不了主。

那谢谢您。男人说，您一定得帮我这个忙。……我和我爱人倒没什么，主要是，我不想让儿子知道，这几年冬天，家里一直没通暖气……

我起身，走向办公室。我没有再看男人的脸。不敢看。

最终，公司既没有收下男人的钱，也没给男人供八天的暖气。原因很多，简单的，复杂的，技术上的，人手上的，制度上的，等等。总之，因为这许多原因，那个冬天，包括过年，我想，男人的家，应该冷得像个冰窖。

后来我想，其实这样也挺好。当他的儿子领着漂亮的女朋友从上海回来，当他发现整整一个冬天，他的父亲母亲都生活在冰窖似的家，也许，那以后，他会给自己的父母，比现在，多出几倍的温暖吧？

来自脚底的温暖

那段时间，女人总感觉男人不大对劲。似乎他有什么事瞒着女人，行动鬼鬼祟祟。当然女人对自己有信心，对男人有信心。可她仍然隐隐有些不安。女伴告诉她，连续好几天下午，看见男人从一家有名的足疗城出来，边走边跟足疗小姐说笑。女人说你肯定认错人了。可是她知道自己的辩解软弱无力。她想男人不再爱她了吗？工作很忙的男人，为什么会将大把的时间，挥霍到足疗城？

她知道，那里的女子，个个都如商场橱窗里的模特般漂亮和迷人。

男人有一个公司，不大，却经营得很好。他跟她说过好几次，让她辞了工作，去公司帮他，却总被女人拒绝。她是超市的收银员，这工作让她过得充实并快乐。当顾客从她面前慢慢经过，当她灵巧的手指在键盘上跳舞，她就幸福得不能自拔。累吗？当然累。可是梦想的实现会让人长时间沉浸于这种幸福的感觉。现在女人就是这样——如果没有关于男人的流言。

流言无疑影响了她的好心情。不过她是那种很被动的女人，她不想对男人进行任何方式的询问。她知道总有一天，男人会告诉她一切。

生日那天男人送她一束鲜花。每年都是如此，女人已经不再有什么感觉。她只是笑了笑，便把头埋进电视剧。男人将鲜花插进花瓶，紧挨着女人坐下。他说，其实，我还有一件礼物送你。脸就红了。

女人盯着男人。她不知道男人要玩什么花样。

男人从公文包里拿出一双鞋垫。那是一双粗糙和笨拙的鞋垫。男人把鞋垫递给女人，像递给她一枚钻戒般郑重。鞋垫很厚，很韧，捏在手里，一种很踏实的感觉。男人说，这个，也送给你。

女人愣住。

男人说一直让你辞掉工作，不是因为别的，只是怕你的脚受不了……你和别人不一样，你是扁平脚……

的确，她的脚让她并不适合做超市的收银员。可是，谁让她太喜欢这份工作呢？

女人问男人，哪来的鞋垫？

男人不好意思地笑，自己做的……市面上卖的普通鞋垫，都不行……我查过一些书也问过一些人，知道得做厚一些、韧一些。我还在里面夹了药芯……样子虽然很丑，可是，对脚有好处呢。

突然女人有了一丝感动。笨手笨脚的男人穿针引线，只为给她缝制一双特别的鞋垫，那是怎样一种令人心动的情景？

男人说试试吧，看合不合脚。

女人慌慌张张踢掉拖鞋，却被男人捉住了脚。男人说一会儿再试吧……先把袜子脱了，泡泡脚。

男人给女人端来一盆热水，那水黄褐色，散发着淡淡的草药气味。男人说我在水里加了足疗粉……我很专业的……为给你泡脚和按摩，每天下午我都要去足疗城学一会儿……我已经出徒了……有了这本事，以后不再劝你辞职……相信我，我会给你洗一辈子脚。男人宽大粗糙的手捏着女人纤细的脚，一下一下，温柔且关注。

男人轻轻地说，手重吗？手重不重？像在自言自语。

女人一直没有说话。她不敢说。她怕一张嘴，就会哭出来。一种来自脚底的温暖慢慢流淌到全身，让她有大哭一场的幸福冲动。突然女人抱紧了男人。女人说，我爱你。

这句话，她说过一千次。可是这一次，她感觉，和以前都不一样。

搀　扶

　　我不知道他们是在婚后遭遇了什么事故，还是婚前就是如此。在黄昏，常看到他们一起从小区的甬道上搀扶走过。男人的两只手似乎不能够弯曲，有时他们买回了菜，总是女人拎着大包小包。可是女人有轻微的足疾，走路不很方便，所以她需要腾出一只手握紧男人某一只僵直的手，使男人成为她的拐杖。他们配合得很好，那是一种默契的互补。

　　那天黄昏，我照例在小区的甬道上看到他们的身影。也许他们刚从超市回来，我看到女人一只手提着两个很大的菜袋，一只手紧紧地抓着男人。他们一边走一边交谈，突然女人大声笑了。我听见女人冲男人说，你真讨厌。

　　早晨下了小雪，经过路人一天的踩踏，甬道上形成一块镜面般的薄冰。他们小心翼翼地走上去，一步一步地往前挪。其实只是很短的一段距离，可对他们来说，应该算很漫长很艰难很危险的一段路吧。我看到男人的表情专注且紧张，他对女人说，抓紧我的手啊。走过几步后，却突然又说，如果我滑倒了，记着，快松开我的手。

被他们扎扎实实地感动了。

因为男人的第二句话。

是男人搀扶了女人，还是女人搀扶了男人？我想，应该是他们在相互搀扶吧。我见太多相互搀扶的夫妻，年轻的，年长的，富贵的，贫贱的……他们一起走着短暂且漫长的人生之路，有难同当，有福同享。也曾被他们感动，但今天，我想，以前的那些感动，或许有些肤浅了。

如果我滑倒了，快松开我的手。男人的话平淡自然。他怕女人和自己一起摔倒。男人愿意女人和自己一起分享平安、快乐等一切美好的东西，却不愿意女人和自己一起承担危险、伤病等一切不美好的东西。当女人需要他，他的手就任由女人握着；而当他需要女人，他却嘱了女人，放开他的手。

什么叫爱到极致？这应该，就算吧？

Chapter

暗夜的明灯

老人说，有光的小街，脚步声是踏实和安稳的；
无光的小街，脚步声便充满了试探和恐惧。
老人说，其实那些光，并没有照亮小街，
照亮的，是夜行人的勇气。
老人说，这世上，怎么可以没有光呢?

正午的人质

人质坐在椅子上，她像一只将屠的羔羊。

劫匪手持一把尖刀，正午时候，闯进一栋大厦的八层。是一家没什么戒备的公司，他在那里做过事，对环境很是熟悉。他没有蒙面，这说明他破釜沉舟的决心。得手后他试图逃出大厦，却在一楼窗口，看到楼下停满了闪着警灯的警车。他只好重新返回大厦八层，并且冲进了一间办公室。椅子上坐着一个惊恐得发抖的女人，劫匪走过去，用桌上的胶带将她紧紧地绑到椅子上。然后，他开始了与警察的紧张对峙。

警察用高音喇叭对他喊话。他们说马上放了人质，然后举起手走出来，这是你唯一的选择。劫匪说你们也只有一个选择——为我准备一百万现金和一辆轿车，时间，一小时。一小时后看不见钱和车，我就杀掉人质。

他一直把自己称作魔鬼。他想他说到做到。

劫匪的要求老套陈旧，没有任何新意。可是人们从他的语气中觉察出他的决心。假如他的要求得不到满足，也许人质真的将被杀掉。

当然，警察不可能答应他的要求。

那栋大厦的周围，没有任何高层建筑，荷枪实弹的狙击手根本派不上用场。劫匪把人质推到办公室的角落，警察们没有办法掌握更多的情况。他们只知道人质的脖子上架着一把尖刀，她随时可能被劫匪杀掉。那间办公室很大，假如他们强行冲进去，那么，谁也不知道将会是怎样的后果。

他们只能暂时将劫匪稳住，尽量拖延时间。匆忙之中他们制订了很多方案，最终却只能全部放弃。——所有这些方案，都没有安全救出人质的把握。

随着时间的推移，劫匪开始焦躁不安。他握着刀子的手慢慢加着力气，他疯狂地向警察们喊叫，还有四十分钟！

这时有人推开门，走了进来。

是一位男人。虽然长得魁梧高大，却戴着眼镜，文质彬彬。他在距劫匪很远的地方站下，他说你不用紧张，我不是警察，我更不会伤害你，也请你不要伤害她。

劫匪问那你来干什么？钱呢？

男人说没有钱。我来，是为了交换人质。

交换人质？

是的，我愿意代替她做你的人质。我知道你根本不想伤害我们，你的目的只有钱。既然如此，那么，我和她谁做你的人质，其实都一样。

你以为我是白痴？劫匪说，你肯定是警察。只要我放开她，你就会掏出枪或者冲过来。现在你马上离开，并让他们准备好一百万现金……

男人没有离开。他说既然如此，我只好让你相信。他从口袋里掏出一把刀子，那刀子很长，很锋利。他举起刀子，狠狠地扎进自己的左腿；然后，拔出，再扎进自己的右腿；然后，再拔出，扎进自己的左肩。

劫匪目瞪口呆。他说你想干什么？

男人从肩膀上拔出刀子，扔到一边，人同时栽倒在地。他说现在，我已经没有任何反抗的能力。对你来说，换成我当人质，肯定会更加安全。求求你放了她……

劫匪说你太夸张了吧？

男人说，那人质，是我的妻子。

男人的血流得很快，他看着劫匪，目光中充满乞求。有那么几个瞬间，劫匪几乎被男人感动。可是他咬了咬牙，终将自己说服。他说办不到。我决不会冒这个险。如果我的要求得不到满足，那么，我肯定会杀掉她。

男人说警察不会让你逃走，更不会为你准备钱和车子。你现在放了她，走出去，不过是抢劫未遂，还有机会；当然，如果你要坚持，那么，请允许我做你的人质……

不要再说了！劫匪打断他的话，马上爬出去！

男人没有动。他知道即使自己留在这里，劫匪也不会对她下毒手。——他已经没有丝毫反抗的能力。——劫匪的目的，只是为钱。

距劫匪规定的时间，只剩二十分钟。现在他开始了倒计时。他的表情绝望并且恐怖。

男人在不停地流血。也许是没有经验，也许是太想让劫匪相信自己，他把自己伤得很重。他的胸前全都是血，他更像飘浮在自己的血水里。他的嘴唇蜡一般白，他的目光散乱游离。显然，男人已经失血太多，他在死亡的边缘挣扎……

椅子上的女人突然撞向劫匪的刀子！是用脖子。她用脖子向刀锋撞去。她只求速死。

她知道，如果自己死去，警察们就会马上冲进来；警察们冲进来，她的丈夫就会得救。她不能亲眼看着自己的爱人慢慢地死去。她必须救他，用自己的生命。

劫匪感到女人的脖子撞上了尖刀。锋利的刀锋划破她的皮肤，惊天动地的切肤之痛传到他的手上。可是，也许那刀锋本就是偏的，也许那一刹那，他迅速将刀锋偏移，总之女人只是受了点轻伤，刀子并没有割断她的颈动脉。

女人连同椅子，一起摔倒在地。她开始了绝望的哭泣。那是无声的哭泣，她的嘴巴被胶带封得很紧。

劫匪还在倒计时，只是声音越来越小。终于，他扔下刀子，举起了双手。与此同时，警察们冲进来，将他摁倒在地。

男人得救了。可是医生们说，如果再晚一点点……

劫匪的突然放弃，让男人保住了性命。可是，是什么力量，让一个自称魔鬼的人，最后选择了放弃？

是爱情。他说，为使对方活下来，他们甘愿舍弃自己的生命。

那一刻，我被他们深深地震惊和感动。

——当爱情的力量足够大，我想，连魔鬼都会被感化。

一把伞，一个家

　　男人蜷缩在公交站点的长椅上，打起鼾。他的头发蓬乱，胡子灰白，旅游鞋肮脏不堪，牛仔裤千疮百孔。男人只有四十出头吧？四十多岁的男人，一副流浪汉模样。

　　男人的确是流浪汉，可又是那般独特。夜里他睡在公园石凳上，车站长椅上，市郊桥洞里，广场角落里……可是在白天，在白天，在阳光下，他甚至会走进一间酒吧，点一杯最便宜的烈酒，靠着窗，听着音乐，慢慢消磨掉一个下午。男人的眼睛是淡黄色的，孤独、混沌、慵倦并且忧伤。没有人知道他为什么不回家，他有没有家，他有没有家人。男人是一个谜。所有的流浪者都是一个谜。选择流浪也是一种生活态度吧？有些人流浪的是躯体，朝此暮彼，万水千山走遍；而有些人，则只需向世界交付他的思想和灵魂。

　　流浪汉打着响亮的鼾，在夜里，在寒风中，在淡淡的灯光下，睡得酣畅并且放肆。也只有熟睡，他才可以放肆自己，才可以在别人面前无所顾忌地展示他的蜷缩模样。他是流浪汉，可是在白天，在白天，当他的目光与路人相触，那目光就笑了。他在试图掩饰自己吧？掩饰孤独、卑微、无助以及忧伤。

他睡得放肆，因为他喝醉了。他满身酒气，脚边立着空空的酒瓶。空中落下雨星，路灯下划一条短暂的白线，滴落他的眼角，就像他的眼泪。他翻一个身，鼾声不止，脑袋枕住了手。

距他不远，站着穿了西装的男人。男人和他的妻子正在等候公共汽车，男人的手里，拿一把银灰色的伞。他看着不远处的流浪汉，对女人说，是他……白天在街上，我们常常遇见他。女人扭头看看，点头。男人说他好像喝醉了酒。女人皱了眉，再点头。男人说他睡得很香……下雨了，却没有人为他打开一把伞。

女人愣了愣。你不会想为他打伞吧？

男人说天这么冷，又下了雨，他会感冒的……

女人说可是他喝醉了！

男人说他不会伤害你的……所有的流浪汉都很善良……只是帮他挡一挡雨，车来了，我们就走……

女人随着男人，很不情愿地来到流浪汉身边。男人揽紧女人，打开手里的伞。很小的伞，仅仅可以遮住流浪汉的上半身。女人捂着鼻子，小心翼翼地往男人身后躲。她讨厌喝醉的男人。她害怕喝醉的男人。何况，弛然而卧的男人，是一名街头流浪汉。

公共汽车慢腾腾从远方驶来。女人长舒一口气，捅捅男人说，我们走吧。

男人看看熟睡的流浪汉，说，可是他还是睡觉。

女人说那你把他叫醒吧。叫醒他，让他自己找地方避雨……

男人听了女人的话,推了推熟睡的流浪汉。流浪汉睁开眼睛,看看他, 又很快将眼睛闭上。男人说下雨啦!流浪汉翻一个身,对男人的话不加理睬。他在翻身的同时又一次打响了鼾。他醉得太深。也许他把这个雨夜和手持雨伞的男人,当成了梦的一部分。

公共汽车在他们面前停下。女人说我们走吧。男人说可是雨更大了。女人说我们总不能为他遮一个晚上。男人站着不动,说,我们等下一班车吧……我再试试能不能叫醒他。

流浪汉仍然不肯醒来。即使他把眼睛睁开,思维也仍然停留在梦中。似乎他更愿意停留在梦中,他反感和拒绝真实的世界。公共汽车又开过去一辆,女人终于有了愠意。她说还有最后一班车,看你怎么办?男人说要不这样吧,你坐最后一班车回家,我再待上一会儿。女人说你也想躺在大街上睡觉吗?男人说也许在他醉得不是很深的时候,我可以叫醒他……叫醒他,我就回家。

雨淅淅沥沥,不大,也不止。男人手持雨伞,紧挨着流浪汉坐下。他感觉到流浪汉的体温,他听到流浪汉在梦中唤着一个女人的名字。他想起白天里流浪汉的目光,他打量着这个世界,可是这世界与他,好像再无半点关系。男人也是四十多岁,他知道四十多岁的男人的压力和幸福。醉倒在木椅上的男人幸福吗?他不知道。可是他坚信他与自己没有任何不同,与所有人都没有任何不同。有什么不同呢?谁没有在某一天或者某几天中做过流浪者呢?或躯体,或灵魂,或孤单,或无助。对于流浪中的人,一把撑开的伞,便是家了。

……

男人在黎明时分回到家。怕吵醒妻子，他走得蹑手蹑脚。可是女人还是醒过来，眼睛里全无半点睡意。或许，胆小的女人，一整夜都不曾睡过吧？

男人搓搓手，低了身子。对不起。

女人翻一个身，不理他。

男人说知道他为什么醉得这样深吗？因为他与前妻的女儿，今天考上了大学。

女人转过身，问，他醒来了？

男人说没有。叫不醒他。他一直在睡觉。或许，安安静静地享受梦境，是他今夜最大的幸福……

女人问那你如何知道他醉酒的理由？

另一个流浪汉告诉我的。男人说，他们是朋友……他的衣裳很脏很旧，胡子又灰又长……他到处找他……现在他仍然站在那里，为他酣睡的伙伴，打一把遮雨的伞……

请弯下腰

地下通道的出口，男人席地而坐。胡琴端立腿上，持弓的手轻抖，曲子就飘起来了。虽不十分悦耳，可是轻快欢愉，钢琴曲或者小提琴曲，全用了《万马奔腾》的节奏。男人胡须浓密，长发披肩，表情认真投入。他的左前方，摆着一个细颈青花瓷瓶。瓷瓶古香古韵，朋友说那瓷瓶价值不菲。可是他明明在街头卖艺，一柄胡琴，抖得微尘飞扬。

他像一位艺术家，人声鼎沸的大街，是他表演的舞台。

和朋友经过时，每人给了他十块钱。男人陶醉于自己的演奏之中，并不理睬我们。十块钱落到瓶口，停住，如同落上去的一只蝴蝶。蝴蝶静立片刻，偏了身子，降落花瓶旁边。我愣了愣，想捡起来，却终于没动。朋友这时从我身边挤上前去，深弯下他的腰，捡起钱，连同手里的十块钱，一起恭恭敬敬地塞进花瓶。然后他冲男人笑笑，拉了我离开——自始至终，男人没有看我们一眼。

朋友的举动，令我羞愧难安。

我给了男人十块钱。这十块钱绝不是施舍。因为他在演奏。他在演奏，我听了，感觉不错，付钱，天经地义。当然不付钱也天经地义，事实上从他身边经过的大多人都没有付钱。——付不付钱都没有关系，但是，问题是，我付给他十块钱，那么，我应该弯下我的腰。

我应该弯下腰，让钞票落进花瓶而不是落到地上。虽然那一刻男人并没有看我，但我知道，他肯定感觉得到我的态度。一张钞票落进花瓶，对他的演奏，对他的行为，对他的生活，对他的选择，是一种承认，更是一种尊重；可是钱落地上，那么很显然，我的行为就变成了趾高气扬的施舍，那十块钱，也就成为嗟来之食。可是对于他和他的行为，我有施舍的资格吗？

我们为父母弯腰，为爱人弯腰，因为他们是我们的至亲；我们为朋友弯腰，为同事弯腰，因为他们是我们的至熟；我们为领导弯腰，为客户弯腰，因为他们管着我们的钱包，决定着我们的仕途；我们甚至为一只宠物弯腰，一条狗，一只猫，或者一只画眉鸟，只因为，它们能够给我们带来片刻的快乐……

可是街头那些乞丐，那些卖艺者，那些衣食无着者，我们何曾为他们弯过腰？他们或许从事着我们所不屑所不齿的职业，可是他们，明明是和我们一样的人啊！他们理应有着与我们等同的地位，也理应有着与我们等同的尊严。

你可以不给他们一分钱，你可以目不斜视地从旁边走过，心安理得或者趾高气扬，带着无限的优越感和满足感。但是，假如，哪一天，哪一次，哪一条街，哪一个闪念，你想过付给他们钱，十块钱、五块钱或者一块钱，甚至仅仅一枚硬币，那么，请你务必，深弯下你的腰。

弯下你的腰，对于对方，是一种尊重；对于你的品质，又何尝不是？

母亲的火炕

老家在海边，空气潮湿，即使是夏天，也得经常烧炕。夏天把火炕烧得热了，掀开炕席，使之慢慢变得干燥，待热炕凉透，睡起来才舒服，才惬意，才不至于落下寒腿之类的疾病。

那铺火炕独处一间屋子，我在那上面整整睡到十七岁。然后我读了高中，又进了城，那火炕便在大多数时间闲下来。待我回老家，才能再一次派上用场。进城后我很少回家，即使回去，也是速去速回，难得在家里待上一两宿，就被一个接一个的电话催回。一般情况是，回家前我先给母亲打个电话，然后回去时，在冬天里，那火炕便是热的，在夏天里，那火炕便是干燥的，绝没有一丝潮气。

如果母亲知道我的归期，冬天里将火炕烧热夏天里将火炕烧干透并不为奇。我所纳闷的是，有时候双休日，我会在没有给母亲打电话的情况下突然回到老家，那火炕也是热的，也是干燥的。很长一段时间，我对此百思不得其解。

那次问父亲，父亲说，你时间长了不回家，你妈就会念叨你。

到了星期五那天，她就会抱些柴火，将火炕烧透。这样你星期六回家，火炕就是干燥的了。

可是妈怎么知道第二天我会回来呢？

她不知道。父亲说，她只是认为你可能会回来。如果第二天你正好回家，那火炕就没有白烧；如果你第二天没有回家，也就算了。然后，待下个星期五，你妈照例会把火炕烧热烧透。你总会在某个双休日回家来吧？她想让你一回到家，就坐到干燥的没有一丝潮气的火炕上。

呵，原来是这样啊！当我在双休日为自己寻得很多个不回家的自以为是的理由，我的乡下的母亲却在千百次地将火炕烧热烧透，只为某一次，她的儿子在第二天，恰巧能够回到她的身边。

母爱如花

夏日里纵是上午，阳光也如火般炽热，于是，大街上便有了流动的伞。伞盛开成花，再簇拥成团，将夏日的街道，变得姹紫嫣红。

她擎一把伞急急地走。收了伞挤公交车，下了车再把伞打开，伞为她在夏日，制造出一小片阴凉。是一条最繁华最拥挤的街道，伞们彼此相碰，又不时碰上路边的广告牌。

所以女人没有察觉，她的伞破了一个洞。

洞也许早就有了，也许只是刚才。椭圆形，不大，刚刚能够透过硬币大小一点阳光。女人在办公室里发现了这个洞，撇撇嘴，想，该买一把新伞了。

然后，工作，直到中午。

午饭后她给母亲打了个电话，叮嘱母亲不要忘记按时吃药。近来母亲的健忘症变得严重，她总是忘记按时吃药，吃完了，又会忘记到底有没有吃过。挂断电话以前，她顺便告诉母亲，出门时带的那把伞，破了个小洞。

破了个洞？

是。很小一个洞。这样正好可以再买一把新伞。

哦。母亲说，可是你傍晚回家的时候，太阳会晒到你的。

她笑了。小时候越是夏天，她越是喜欢在外面疯跑。太阳把身体烤得汗津津的，将皮肤晒得黑里透红——她喜欢那种无拘无束的感觉。现在呢？现在她成为女人，一切都变得不同。可是不过硬币大小一个洞，有什么大不了呢？她认为母亲有些太过夸张。人到了一定的年龄，就会变得唠叨，就会把一些无关紧要的事情，看得比什么都重。

可是下午，母亲却来到她的办公室。

母亲是挤公交车来的，说要去老年人舞蹈协会领一个什么证，顺便来看看她。说话时母亲脸上流着汗，皱纹里亮晶晶一片。她给母亲搬了椅子，又跑到饮水机前为母亲打水。母亲接过水杯，问她，那把伞呢？

她问，您找那把伞干什么？

母亲说，给你补一补，免得下班回家时……

您是说补伞？她惊愕。

前几天看电视，说紫外线能致癌呢……我带着针和线来。还有老花镜。还有顶针……

可是补伞……

没关系我不会打扰你们的。母亲笑笑说，你们忙你们的，我在走廊里补就行……光线还好一些……空气也好。

然后，母亲真的在走廊里为她补那把伞。连吃药都会忘记的母亲，却没有忘记炽热的阳光，没有忘记紫外线，没有忘记一个硬币大小的洞，没有忘记她的针，她的线，她的顶针，她的老花镜……她挤了公交车来，只为给女儿补一把伞，只为不让那硬币大小的一点阳光晒到女儿……她把布块剪成一朵花的样子，又在周围添上绿色清凉的叶子。那个下午，老花镜的后面，始终有一双聚精会神的眼睛。

所有的同事都被感动。他们小心翼翼地走路，生怕惊扰了补伞的母亲。现在伞花上盛开着另一朵花，那朵花张扬，骄傲，不让伞下的人受到一丝一毫的侵犯。那朵花属于母亲的女儿，更属于母亲自己。

谁说母爱只能是千层底布鞋，只能是一碗鸡汤，只能是简单的问候或者关切的眼神？有时候，母爱也会变成花朵，鲜艳绚丽，阳光下烂漫地开放。

2100 公里的信念

　　每天，天刚蒙蒙亮，长长的堤坝上便出现一位母亲急匆匆的身影；每天，夜幕四合时，长长的堤坝上再次出现这位母亲急匆匆的身影。母亲从堤坝这边走到堤坝那边，再返回，正好五公里。母亲每天往返两次，正好十公里。十公里是母亲每天的信念，母亲只想快一点减肥。

　　快一点减肥，不为苗条，不为漂亮，不为健康——母亲只为自己的儿子。

　　儿子患有严重的肝硬化，命若悬丝。挽救儿子生命的办法只有一个，那就是进行肝脏移植。可是对母亲一家来说，移植肝脏所需的高额费用无异于天文数字。于是，摆在他们面前的只剩下一个办法，那就是——家属捐献肝脏。

　　儿媳和丈夫都想为儿子捐肝，可是母亲断然反对。丈夫是家里的顶梁柱，儿媳尚且年轻，万一有什么不测，一家人怎么办呢？母亲下了决心，由她来为儿子捐献出二分之一的肝脏。可是天有不测风云，就在手术以前，母亲被查出患有脂肪肝，假如按照既定方案，那么，母亲剩下的二分之一个肝脏肯定将不足以支撑她自身的代谢。眼看"救子之门"就要关闭，母亲毅然做出决定：减肥！消除脂肪肝，为儿子捐肝！

七个月消除脂肪肝，谈何容易？可是为了危在旦夕的儿子，母亲别无选择。

当天晚上，母亲便开始了她的减肥计划。每天十公里，风雨无阻。为达到快速减肥的目的，除了"暴走"，母亲还开始了残酷的节食。她每天只吃极少量的米饭和青菜，并且，青菜里绝不会有一滴油。有时候，母亲夹起一块肉，刚送到嘴边，又急忙搁回碗里。即使这样，母亲对自己的节食仍不满意。她说自己有时太饿了，控制不住吃两块饼干，吃完了就会很自责。"我得为儿子的生命负责啊！"母亲这样说。

运动量大，营养又跟不上，很多次，正在"暴走"的母亲，突然眼冒金星，几乎一头栽倒。每一次回到家里，母亲都是气喘吁吁，大汗淋漓。

不管如何，母亲都在坚持。因为她知道，属于儿子的时间，已经不多。

母亲一直坚持了七个月。七个月里，母亲走破了四双鞋，脚上的老茧更是长了又刮，刮了又长。可是母亲只有一个信念，那就是——一定要救回正在生死线上挣扎的儿子。

七个月，2100多公里，母亲用自己的脚步，为儿子争取着生命的时间。奇迹终在七个月以后发生，当她再次来到医院做检查时，她的脂肪肝竟然消失了，完全符合移植条件。而当院方得知母亲的所为之后，在场的每一个人，都为她流下眼泪。

"有时我也感觉看不到尽头，想放弃。但我坚信，只要多走一步路、少吃一口饭，离救儿子的那天就会近一点……眼睁睁地看着儿子生病不救，还不如让我去死。我每天都做同一个梦：儿子又发病了，吐血了，他等不及了……"有人问及母亲为何能够坚持时，母亲这样说。

奇迹感动苍天，母亲和儿子的手术都非常成功。他们经历了生命里最为艰难的时期，现在，他们让我们坚信：母爱与亲情，无所不能。

是这样，无所不能。

让我们记住这位伟大母亲的名字吧！她叫陈玉蓉，湖北省武汉市人。她是一位普通的中年妇女，她有一位叫作叶海斌的正在恢复健康的儿子。

姥姥的锡纸

姥姥的锡纸，有的银白，有的金黄。有了这些锡纸，贫穷的姥姥认为，她将变成一位富人。

姥爷去世早，家里无人抽烟，姥姥的锡纸便来之不易。锡纸是别人丢弃的香烟盒的内层包装，姥姥将它们收集，然后用它们，叠出一堆漂亮的元宝。

姥姥把锡纸铺得平整，藏在一个小盒子里，没事时，拿出其中一张，严肃郑重地叠成一个个元宝。银白的锡纸，叠出的元宝个头大，姥姥说，这是银元宝；金黄的锡纸，个头便小了许多，姥姥说，这是金元宝。姥姥的元宝很写实，惟妙惟肖，尽管，姥姥只在年画上见过元宝。

姥姥说，等她"老了"，把这些元宝烧了，那么，这些元宝就会陪她进入天堂。姥姥说，这是多大的一堆钱啊。

老家的语言风俗，把老人去世，称为"老了"。不敢说"死"，全都小心翼翼地回避着这个字眼，包括老人们自己。好像这样，老人们便可以长命百岁。

但没有用，姥姥还是去世了。好在姥姥去世前，积攒了一大堆锡纸元宝。姥姥受了一辈子穷，那些银白和金黄的纸元宝，让姥姥在她晚年的生命里，有了美好的寄托。

我那时小，常常会偷走姥姥的锡纸。我用它们折成小船、飞机、小狗、可以发出声音的青蛙。我偷走姥姥太多的锡纸，用它们装饰着我色彩单调的童年。姥姥说，别再动我的锡纸啊！一开始是恐吓，后来是商量，到最后，简直变成了哀求。姥姥的哀求不会打动年幼的我，在我漫长的童年时光里，我一直乐此不疲着这个无知且卑鄙的游戏。

后来我大了些。我不知道是自己对折纸失去了兴趣，还是开始懂些事，总之，我不再偷姥姥的锡纸。但在一个偶然的机会里，我发现锡纸并不能燃烧。锡纸并不能燃烧，这说明，姥姥的那些金元宝和银元宝，根本不可能被贫穷的姥姥带走。这说明，天堂中的姥姥，将仍然一无所有。

这个发现让我很兴奋。我告诉姥姥锡纸不能燃烧，姥姥不信。我让姥姥试，姥姥不试。我要试给姥姥看，姥姥不看。这时姥姥的眼睛像两朵即灭的火焰，挣扎着最后的一缕红光。我的话像残酷的风，让那火焰，飘忽地闪跳。

姥姥继续收集她的锡纸，叠着她的元宝。只是她更加苍老，她的生命之火仿佛已经熄灭，留存在人世间的，只是些炭的余温。

姥姥去世后，我和母亲给她烧纸钱和元宝。我将那堆火生得很旺。可是，当火熄灭，黑的灰烬中，那些银白和金黄的元宝仍然赫赫生辉，刺得我淌了眼泪。它们终于被留在世间了。姥姥带不走它们。

是的。天堂中的姥姥，依然贫穷。

我不知道天堂里有没有衰老、死亡以及重生，我希望有；我不知道天堂里有没有锡纸，天堂里的姥姥有没有用那些锡纸叠成元宝，我希望有；我不知道天堂里的火能不能将那些元宝燃烧，变成可以带走的清烟，我希望能。那样，我想，天堂里的姥姥在进入另外一个世界时，将不再无奈和贫穷。

五张字条

暴风雪袭来时，卡车却在茫茫戈壁滩中抛锚。天地间霎时昏暗混沌，只剩下狂风、雪尘与彻骨的酷寒。似乎连空气都冻成冰刃，嘶嘶叫着，从每个人的脖子上划过去。六个人缩在狭窄的车厢里瑟瑟发抖，血和呼吸仿佛早已凝固。死神一步步迫近，每个人的心里，都有了恐惧。

是一个很小的剧团，要去戈壁滩的深处慰问一支驻扎部队。六个人里，年纪最大的四十二岁，是团长；年纪最小的十八岁，是剧团新成员。他们是一对父子。

六个人在暴风雪里坚持了一天一夜。周围除了风雪，连飞鸟都见不到一只。天气越来越恶劣，死神近在咫尺。也曾试图丢下车子徒步前行，可是这打算很快被他们放弃。走进这样的漫天风雪，几乎等同于选择死亡。挤在车厢里，等风雪过去或者被救援人员发现，或许还有一丝生还的可能。

又熬过一天。风雪仍然肆虐，世界只剩一辆被埋了半截的卡车。所有人都知道，假如黄昏以前仍然没有人发现他们，他们将会被无声无息地冻死在夜的戈壁滩。

终于决定让一个人离开，徒步走进暴风雪寻找救援。他们认为这是最后的希望。假如运气好的话，假如那个人可以找到救援队并顺利返回，也许他们能够得救。团长宣布完这个决定，静静地看着每一个人。

没有人主动站出来。都知道一旦离开车子，生命会脆弱得如同高空中落下的鸡蛋——留在车厢里生还的机会，远比一个人在风雪中独行要大得多。

可是必须有人走出去——或者找到救援，或者在雪地里死去。

车厢里死一般静。每个人都面无表情。团长看看儿子，儿子急忙低下头——他的身体是六个人里最好的，或许他不能找来救援，但他可以在暴风雪里走得最远活得最长——他是寻找救援的最好人选。

团长说现在必须做出决定。选到谁，谁就走出去。

仍然没有人说话。

团长说那么大家写在纸上吧，票数最多的人走出去。他掏出一张纸，撕成大小均匀的五个字条。他将字条分别递到五个人手里，说，写下来以后，交给我。

大家用冻得僵硬的手在字条上郑重地写下一个名字，然后将字条小心地折好，交回团长。

团长将五个字条依次打开,表情越来越严峻。字条全部看完，他长叹了一口气，把字条递给他的儿子。他说，大家的意思，改不了。

儿子从父亲手里接过字条，一张一张慢慢地看。看完抬头，看父亲一眼，再看其余每个人一眼，然后推开车门走了出去。他没说一句话。他的眼睛饱含泪花。他的表情很是壮烈。他深知走出车厢意味着什么。狂风裹挟着雪尘刹那间涌进车厢，车厢里的温度骤然变得更低。再寻找他，风雪里只剩一个越来越小的暗灰色影子——他在瞬间将自己淹进雪的海洋。

剩下的五个人缩在风雪里，开始了一生中最漫长的等待——等待被救，或者等待死亡。

他们还是得救了。不是因为团长的儿子领回救援人员，而是因为暴风雪终于过去。救援直升机在空中发现他们抛锚的卡车，又在三个小时以后，在雪地里找到团长的儿子。

他走出去很远。那绝对是别人不能够达到的速度和距离。事实证明他的确是六个人里面最合适的人选。他努力了，可是没有用。他没有完成任务。他不是神，他只是一位十八岁的少年。

人们没能将他救活。他的死去，看起来，毫无价值。

……整理遗物的时候，有人在他的口袋里发现五张对折的小字条。

五张字条上，写着五个不同的名字……

童年里不要仇恨

从影片《卢旺达饭店》里目睹了卢旺达的种族冲突，其感觉可以用极度震惊来形容。后来查阅资料，得知在这场胡图族与图西族的可怕冲突中，被屠杀的图西族无辜民众竟然多达百万。那个时候，卢旺达这个非洲国家，已经变成人间地狱。判定孰是孰非或者追究历史根源已经无关紧要，在令人发指的大屠杀面前，在一百多万灵魂面前，似乎谈论一切都在避重就轻，没有意义。

但我还是想说一说他们的孩子，说一说那些曾经身陷地狱里的人们，如何把孩子们纯真的心灵从这场大屠杀中保护并解救出来。

孩子们快乐的童年本不该留下任何恐惧，可是恐惧偏偏找上了他们。那些日子里，他们跟着绝望的人群四散奔逃，他们目睹到自己的亲人被杀害，父亲，母亲，哥哥，姐姐……他们吓坏了，躲到所有能够暂时避身的角落里瑟瑟发抖。他们不知道发生了什么事情，他们只知道亲人正在遭受杀害，正在远离他们而去。

可是没有任何人告诉他们这是一场可怕的种族屠杀。你在街头随便问及一个孩子，他们的回答，肯定会令你大吃一惊！

"因为我没有按照爸爸的要求去做，所以爸爸被杀了。""因为我对妈妈撒了谎，所以妈妈被杀了。""因为我对父母做了不该做的事情，所以他们被杀了。""因为我偷藏了哥哥的苹果，所以哥哥被杀了。""他们被杀，只因为我做错了事情。"等等，等等，全都是诸如此类幼稚的自责。

是谁向孩子们隐瞒了真相？当然是那些幸存下来的人们。他们深知隐瞒真相等同于隐瞒仇恨的道理，可是他们仍然去做。他们知道，对一个心智并不成熟的孩子大讲种族屠杀是一件非常可怕的事情，这会让他们心中从此埋下恐惧和仇恨的种子。恐惧越来越大，仇恨生根发芽，于是，两个民族的世仇无休无止地延伸。多少年以后，或许，他们中的很多人，又会变成屠杀另外一个民族无辜平民的刽子手。仇恨会让人丧失理智，甚至某些时候，令人丧心病狂。

那么，干脆让这些孩子自责好了。虽然这不是他们的过错，可是又有什么关系呢？就让他们在自责中慢慢长大吧。长大以后，终有一天，他们会知道所有的真相。并且，或许，那些为他们讲述真相的人，就是现在为他们掩盖真相的人。

事实上任何真相都掩盖不了。它们不是衣服，而是皮肤，它牢牢长在历史的躯体上，抹不去更不可能忘掉。既然如此，那么，就好好替这些孩子珍惜他们难得的童年吧！他们的童年里已经有了阴霾，我们不必再加给他们沉重的仇恨。待他们长大，待他们明晰是非，待他们有了判断和决断的能力，再告诉他们真相，不迟。

童年里不要仇恨，卢旺达人做到了。所以，我坚信，他们的孩子虽然经历了不幸，但是仍然保持了难得的纯真，这无疑是卢旺达人的财富。

这或许，也是全人类的财富吧？

生命时钟

朋友的父亲病危，朋友从国外给我打来电话，让我帮他。

我知道他的意思，即使以最快的速度，他也只能在四个小时后赶回来，而他的父亲，已经不可能再挺过四小时。

赶到医院时，见到朋友的父亲浑身插满了管子，正急促地呼吸。床前，围满了悲伤的亲人。

那时朋友的父亲狂躁不安，双眼紧闭着，双手胡乱地抓。我听到他用自己的喉咙，含糊不清地叫着朋友的名字。

每个人都在看我，目光中充满着无奈的期待。我走过去，轻轻抓起他的手，我说，是我，我回来了。

朋友的父亲立刻安静下来，面部表情也变得安详。但仅仅过了一会儿，他又一次变得狂躁，他松开我的手，继续胡乱地抓。

我知道，我骗不了他。没有人比他，更了解自己的儿子。

于是我告诉他，他的儿子现在还在国外，但四个小时后，肯定可以赶回来。我对朋友的父亲说，我保证。

我看到他的亲人们惊恐的目光。

但朋友的父亲却又一次安静下来，然后他的头，努力向一个方法歪着，一只手急切地举起。

我注意到，那个方向的墙上，挂了一个时钟。

我对朋友的父亲说，现在是一点十分。五点十分时，你的儿子将会赶来。

朋友的父亲放下他的手，我看到他长舒了一口气，尽管他双眼紧闭，但我仿佛可以感觉到他期待的目光。

每隔十分钟，我就会抓着他的手，跟他报一下时间。四个小时被每一个十分钟整齐地分割，有时候我感到他即将离去，但却总被一个个的十分钟唤回。

朋友终于赶到了医院，他抓着自己父亲的手，他说，是我，我回来了。

我看到朋友的父亲从紧闭的双眼里流出两滴满足的眼泪，然后，便静静地离去。

朋友的父亲，为了等待他的儿子，为了听听他的儿子的声音，挺过了他生命中最后的也是最漫长的四个小时。

每一名医生都说，不可思议。

后来，我想，假如他的儿子在五小时后才能赶回，那么，他能否继续挺过一个小时？

我想，会的。生命的最后一刻，亲情让他不忍离去。

悠悠亲情，每一个世人的生命时钟。

真正的尊重

姑娘坐在那里，面前放一架脚踏琴。她像一位登台表演的钢琴家，柔和的灯光中，脸上，骄傲并虔诚的表情。

和朋友去作协办事，刚下车，就被她吸引。确切说，一开始吸引我们的，是她的琴声。流水般的声音，在嘈杂的市井，静静地淌。

她的面前，放一个小巧的塑料筐，里面散落着几张零钞。她并不看那个塑料筐。她的目光盯着围观的人群，盯着街角的合欢树，盯着店铺的招牌，盯着远处的公共汽车。

她的目光无处不在，却并不看那个塑料筐。

那时她弹的是《致爱丽丝》。很经典的曲子。

姑娘只有一条腿，一只胳膊。我不知道她是如何将那架脚踏琴搬到那条繁华的步行街的，但我知道她不是骗子。一个人可以伪装出贫穷和残疾，可以编造出让人同情的谎话，甚至可以流下虚假的眼泪，唯独伪装不出那种善良和纯净的眼神。

姑娘的眼神，纯净并且善良。

琴声如月亮般清澈和明净，迎面扑来。不是亲眼所见，你很难相信，那琴声的弹奏者，只有一条腿，一只胳膊。

谈不上震撼。那一刻，却被她感动。

和朋友对视一眼，各自掏出十块钱，郑重地放进那个塑料小筐。然后，我拉起朋友，欲走。

朋友瞪我一眼。他轻声说，听完！

我知道朋友并不喜欢这首曲子。或者，即使喜欢，这首已经可以背下的名曲，也完全没有重听一遍的必要。特别是，那天我们本来已经迟到。时间紧得很。

朋友仿佛怕我走开，他紧紧地攥着我，听那位姑娘的琴声。

一曲终了，朋友轻轻鼓掌，声音不大，却很郑重。我听到姑娘说，谢谢。她并不看我们，也不看那个塑料筐。她喝下一口水，然后，又一支悠远的曲子从她的指尖流出。

后来朋友说，你认为，那十元钱，是对她的怜悯吗？

我说不是。

朋友说，那就对了。其实那天，我们是在欣赏一位乐者的演奏。所以我们要给钱。所以我们要听完。

我想他说得对。那位姑娘当然不是乞丐。甚至，演奏是她的事业，乃至生命。那天我们去欣赏的，其实是她的露天演奏会。我们听了曲子，给了钱，但是，交易并没有到此结束。我们应该听她奏完那首月亮流水般的曲子，我们应该为她的精彩而鼓掌。无论她是一位真正的艺术家，还是一位街头的卖艺者。

这是对她和他人的尊重。真正的尊重。

原谅别人等于解脱自己

　　我的一位朋友，这么多年来，一直生活在愤怒、沮丧、仇恨和痛苦之中。

　　其实只是一件很小的事情。朋友和他的同学一起大学毕业，一起去一个公司试用。他们是无话不谈的哥们儿，亲如兄弟。

　　他们一起拜访了一位大客户，几乎谈成一单大生意。已经有了初步的意向，只等第二天签合同。朋友和他的同学非常兴奋，在宿舍里喝酒庆祝。结果朋友酩酊大醉，一直睡到第二天中午。醒来后，发现他的同学不见了。等去了公司才知，他的同学竟趁他烂醉如泥的时候，再一次拜访了那位客户，并提前签成那单生意。当然，所有的功劳都成了同学一个人的。

　　朋友找他算账。对方辩解说，喝完酒，心里不踏实，所以打算连夜将那个合同搞定。想和他一起去，可叫了他半个小时，也没能把他叫醒。朋友当然不信，和他争吵。可是有什么用呢？因为那单大生意，朋友的同学升了职，并一直做到部门经理；而我的朋友，在很长一段时间里，一直是公司的一个小业务员。

朋友接受了事实，继续埋头苦干。也谈成几单重要的生意，一年后也升了职。可他就是不能原谅那位同学。他和同学彻底绝交，拒绝去一切有他那位同学的场合。他告诉我，只要看到那张脸，他就愤怒到几乎无法自控，恨不得冲上前去，将那张脸砸扁。

他说，他什么都可以宽容，但就是不能够宽容卑鄙；他谁都可以原谅，就是不能够原谅这位同学。

其实朋友的同学多次找到他，给他道歉，说那时候刚毕业，还小，不懂事，请求他的原谅，并愿意把他调到身边，给他升职。可是我的朋友，对同学的道歉却置之不理。他说为什么要原谅他？错误是他犯下的，他理应为自己的错误，付出代价。这个代价，就是不理他，就是老死不相往来，就是一辈子刻骨的仇恨。

可是我的朋友并不快乐，尽管他也升到了部门经理。可是同在一个公司，哪怕再小心翼翼，也难免会不期而遇。每到这时，朋友就会扭了头，脸色铁青。哪怕，一秒钟前他还在捧腹大笑。

朋友说他很难受。本来，犯错的是他的同学，要受到心灵惩罚的，也应该是那位同学。怎么到最后，竟成了他自己？并且，一直持续了好几年？

我告诉他，因为你有了太多的恨——如果这也叫"恨"的话。如果一个人对另一个人有了仇恨，而这个人就在你身边，那么，你就会不快乐，就会陷入无休无止的愤怒、沮丧、痛苦和焦虑之中。

那我怎么办？朋友说，要我原谅他？

为什么不能呢？我说，虽然他曾经对你做过很过分的事，但这件事，并非大到不能够原谅的程度。那么，你完全可以试试原谅他。你原谅他了，就不必天天记恨着他曾经伤害过你，就不必刻意去回避他，他就不再是你的敌人。事实上，这几年来，你一直在放大一种仇恨，而当一种仇恨在心中被无限放大，便变得根深蒂固起来。你想，心中被仇恨占满了，快乐放在哪里呢？你原谅他曾经的过错，其实对于你，也是一种解脱。

虽然朋友对我的话，抱着一种怀疑的态度，但他还是在第二天，试着跟他的那位同学交流了一下。结果，多年的积怨一扫而光，他们再次成了朋友。因为不必刻意回避一位同事，所以朋友的业务做得一帆风顺，并再次升了职。

朋友说，也许我的话是正确的。因为他的那位同学，好像并不像他一直想的那样卑鄙。几年前，也许的确是因为他喝多了，也许的确是因为他的同学年少无知，但不管如何，他决定原谅他。他说，他的目的并不高尚。——原谅了他，就等于解脱了自己。为什么不呢？

是的。原谅了别人，就等于解脱了自己。为什么不呢？

大山深处的土屋

土屋隐在大山深处，周围古木参天。土屋里有一张桌子，一把椅子，一张木床，一个灶台，一堆木柴，一铺被褥，一盒火柴，一把刀。除了他们父子二人，从没有其他人进入到这间土屋，当然更不会动用过这些东西。可是每隔一个月，父亲仍然会领着他的儿子过来，擦一擦桌子和椅子，晒一晒被褥和木柴，磨一磨刀，装走灶台上已经潮湿的火柴并更换一盒新的干燥的火柴。当这一切忙完，父亲就会领着儿子静静地离开。门上挂一把锁，却从来不曾锁上。那锁是为防止野兽们闯进土屋的。它对任何人都不设防。

父子俩住在另一座大山的山脚，距这间土屋，大约五十里。从家来到土屋，再从土屋回到家，需要整整三天。离开家走不远就没有路了，三天时间里，父子俩几乎都是在密林中穿行。尽管世界上可能不会再有人比他们更熟悉这一带的山野，可是他们还是经常会在途中迷路。这绝对算得上一次遥远的艰苦而危险的跋涉。

父亲以前靠打猎为生，后来不让打猎，就在山脚下开了几亩荒地，闲时再上山采挖些草药，日子倒也安逸舒适。儿子第一次跟随父亲来到土屋，只有五岁；现在他已经十五岁了，父亲仍然坚持着自己怪异的举动。整整十年，整整一百二十个月，父亲和他，在家和土屋之间整整往返了一百二十次。一百二十次，或许并不算多，可这是一百二十次毫无意义的举动。每一次儿子都会心存不满，然后疲惫不堪。

问父亲原因，父亲总是笑笑说，到时候，自然会让你知道。

仍然，每个月，父子俩总要去一趟土屋。忙完，再锁了门离去。儿子认为这一切完全多余：不会有人来到这片没有人烟的山林，更不会有人来到这间土屋。——父亲究竟想要干什么？

终于，那一次，当他们推开木门，父亲惊奇地发现，屋子里竟有了住过人的迹象。——灶台边的柴火少了，火柴被划过，椅子被挪动，被褥尽管叠放整齐，却不是他们上次离开时的样子。并且，那把小刀也不见了。

父亲开心地笑了。他对儿子说，这就是我们十年来一直坚持的理由。

儿子听不懂。

父亲说很明显，有人在这里住过至少一夜。现在他虽然离开，不过这间土屋和土屋的东西却帮他在这片山林里度过了最难挨最危险的夜晚。甚至，可能挽救了他的生命。

儿子问难道我们每个月往返一次，每次用去三天时间行走一百多里，并在这土屋里准备这么多的东西，就是为了等待这个人吗？

父亲说是的，我们等待的虽然不一定就是这个人，但我们等待的无疑是来到这间土屋并需要帮助的第一个人。我们不过每个月来这里一次，却将一个人的生命挽救，难道这不值得吗？

可是，万一这个人没来呢？

那我们就把这件事坚持做下去。

假如永远不会有人来呢？

那就永远坚持做下去。

可是这样做有意义吗？

当然有意义。父亲说，你知道吗？在你来到这个土屋以前，我已经一个人在家和土屋之间往返了十年。就是说，其实我们并不是用了十年时间才等来第一位需要帮助的人，而是用了二十年。

你是说这土屋是你垒起来的？

不是，我只是修了修而已。这土屋是一位老人垒起来的。他垒这个土屋，和我们每个月来这里一次的目的完全一样，那就是——帮助一位未曾谋面却是真正需要帮助的路人。他的家，住在山的另一侧，每个月他都会从家来到这里，擦一擦桌子和椅子，晒一晒被褥和木柴，磨一磨刀，换走灶台上的火柴，然后离开，回家。他也用了整整二十年的时间，才等来第一位需要帮助的人。那个人在山里迷了路，他筋疲力尽，急需一把柴火……

那个人是谁？儿子好奇地问他。

我。父亲淡淡地说。

几年后父亲老去，不能够翻山越岭再次来到这间土屋。不过每隔一个月，土屋里就会迎来一位与他长得非常像的少年。他在土屋里擦一擦桌子和椅子，晒一晒被褥和木柴，磨一磨刀，换走灶台上的火柴，然后离开，一个人回家。

一切只为了明天，或者后天，或者明年的某一天，或者后年的某一天，或者二十年后的某一天，或者永远都不会到来的某一位路人。

暗夜的明灯

老人孑身一人，住着土街旁的一栋土房。老人很老了，脸上的皱纹，似荒芜的梯田。

土街在老城区，歪歪扭扭的，没有路灯。但在晚上，常有放学的孩子或抄近路的行人经过，布鞋皮鞋或者旅游鞋，轻奏着夜的音乐。

只因为，老人在她的土屋前，挂了一盏灯。普通的白炽灯，闪着温暖的淡黄。街不长，灯光便努力地延伸至土街的两端。老人心安理得地做着这一切，她说，她不喜欢黑暗中向前摸索的脚步，那让人不安。她说，这夜里，应该有一盏灯，一片光。

老人坐在屋里的藤椅上，抱着她的猫。她闭着眼，仿佛在打盹儿。过一会儿，老人突然对猫说，灯丝烧断了，我得再换一个。

老人便出门，果然，小街上已是一片黑暗。

只凭脚步声，她便可以判断出她的灯，是暗是明。老人说，有光的小街，脚步声是踏实和安稳的；无光的小街，脚步声便充满了试探和恐惧。

老人说，其实那些光，并没有照亮小街，照亮的，是夜行人的勇气。

老人说，这世上，怎么可以没有光呢？

孑身一人的老人，将这样一盏灯，一直点到去世。

但其实，老人一辈子，都没有见过光。

她是一位盲人。

慷慨的馈赠

是一家很小的牛肉面馆，不留意看，甚至会忽略它的存在。它挤在一排饭馆之间，很不醒目的门头，很狭小的店面。面馆只卖牛肉面，用了很大的海碗，壮观豪迈。面端上来，热气腾腾，盖着细碎翠绿的葱花和香气喷喷的牛肉。面馆生意很好，男人从早到晚，几乎不得歇息。

老人坐在角落，把一碗面吃得呼噜噜响。这把年纪的人还能有如此好的胃口，男人认为这几乎就是一个奇迹。老人不停地打扰男人，一会儿要蒜，一会儿要醋，一会儿要辣椒，一会儿要汤匙，似乎他不是要了一碗面，而是点了一桌满汉全席。男人提醒他说这些东西桌子上都有，老人抹抹嘴，说，让你拿不行吗？男人笑了。他说行，当然行。心里却感觉面前的老人，似乎有些倚老卖老。

吃完面，老人推开空碗，点起一根香烟。他眯着眼，旁若无人地吞云吐雾，表情很是享受。抽完烟，老人再一次喊来男人。他敲敲桌子，说，再来一碗。

那碗面老人吃得很慢。可是这并不妨碍他把嘴巴咂出吧嗒吧嗒的声响。如果说老人是为自己的胃吃下第一碗面,那么这一碗,男人认为,他仅仅为了自己的舌头。男人对自己的手艺当然有信心,可是这样一位老人,这样满满的两大碗牛肉面,还是让男人感觉到不可思议。

老人用了足足半个小时吃下第二碗面。他打着满足的饱嗝,站起来,从口袋里摸出钱,递给男人。

手艺不错。老人对男人说,给你钱。老人将钱塞进男人手里,然后转身,往外走。老人气宇轩昂。胃口很好的老人,身体同样很棒。

老人的举动再一次让男人吃惊。其实之前老人就不止一次让男人吃惊:狼吞虎咽吃下第一碗面,慢条斯理吃下第二碗面,不停打发男人为他拿大蒜拿醋拿辣椒拿汤匙,在两大碗面的间隙里旁若无人地抽烟……但是这一次,男人几乎不敢相信自己的眼睛。因为钱。因为老人递给他的钱。那是两张老版人民币。每张两角钱。却崭新挺括。

四角钱,两大碗牛肉面。开什么玩笑?

男人喊住老人。您……

有问题吗?老人转过身来,盯住男人。他显得理直气壮。他的脸上尽是无辜的表情。

男人愣了愣。他看到老人鬓角如雪的白发。他想起自己的父亲。他的心里抖了一下。又一下。然后,他笑笑说,没事了。他冲老人摆摆手,目送老人离开。街道很窄,行人们摩肩接踵。老人融进如潮的人流，霎时不见。

再然后，男人就把这件事情忘记了。

大约一个月以后，男人在他的店里再一次见到老人。这次与老人一起来的，还有他的儿子——男人听到他喊老人"爸"。

爸，老人的儿子问，是这家店吧？

是的。老人说。仍然笔直的腰杆。

您确定？

当然确定。老人说，这条街上只有这一家牛肉面馆。并且，我记得他的脸。老人指指男人，笑。

我是来感谢您的。老人的儿子毕恭毕敬地对男人说，一个月以前，我父亲在您的店里吃了两碗面。您记得吗？

是的。我记得。男人说。

可是他只付给您四角钱。

是这样。

可是您竟然收下了。

是的。

可是我知道两碗牛肉面应该八块钱。

是这样。

可是那天您既没有声张，也没有为难我的父亲。他说，这等于您白送给我父亲两碗面，却分文未取。我知道您是小本生意，您为什么要这么做？

虽然我并不知道老人家为什么只肯付我四角钱，可是我相信，他之所以这样做，肯定有他的理由。男人笑笑说，那么现在，您愿意告诉我吗？

当然可以，老人的儿子在餐桌边坐下，说，在我两周岁的时候，母亲就去世了。父亲一把屎一把尿把我拉扯大，直到我大学毕业。那时候我们住在乡下，非常偏僻的乡下，生活很困难。记得很小的时候，镇子上有一家牛肉面馆。那是镇子里唯一一家面馆，那几乎是年幼的我能够想象出来的世界上最昂贵最可口的美食。有时候，当父亲有了一点钱，恰巧这时候我有值得父亲犒赏的理由，比如考试得了第一，比如做了什么让父亲高兴的事情，他就会带我去那家面馆。我记得很清楚，那时的牛肉面，两毛钱一碗……很大的海碗，很诱人的香气……每一次，父亲都只要一碗，然后坐在旁边，静静地看着我吃。那时候不懂事啊！根本未曾想过为父亲留下一点儿。每一次，一大碗牛肉面都会被我吃个精光，连汤水也不剩……后来我考上大学，离开了村子，离开了镇子。再后来，我把父亲接到了城……

……可是父亲那时候已经有了些问题。我指的是，他的脑子有了些问题。或许他早就有问题，在我很小的时候，在我读初中的时候，读高中的时候，读大学的时候……只是我和他，都没有发觉罢了……父亲压力太大，身体上的压力，精神上的压力……他知道现在生活好了，他知道现在，自己完全可以像模像样地坐在面馆里吃一碗牛肉面了。可是他的记忆里，一碗牛肉面，永远只卖两角钱。他知道自己一顿饭能够吃掉两大碗，所以，他的口袋里，常常只揣了四角钱。我跟他说过，现在的牛肉面，一碗至少四块，或者五块，八块，十块，甚至十八块，他记住了，可是很快就会忘记。他时好时坏，他经常在面馆里给别人添麻烦，甚至让别人嘲笑……

男人安静地听着，安静地看着窗外。街上车水马龙，人声鼎沸，人流裹挟着人流，尘土裹挟着尘土。世间平淡无奇，却有欲望无限膨胀。然对面前的老人来说，他的欲望，仅仅是一碗或者两碗牛肉面。

男人不禁唏嘘。

所以我要感谢您。老人的儿子说，这么长时间，这么多面馆，只有您相信我父亲不是想吃霸王餐，只有您相信他不是在开玩笑，或者恶作剧……虽然不过两碗面，可是在我看来，却是世界上最慷慨最昂贵的馈赠……现在，能不能告诉我，在当时，您为什么没有让他当众出丑？

因为我也有父亲，因为每个人都有父亲。男人从窗外收回目光，淡淡地说，或者，就算真是老人的恶作剧，就算老人真的有了吃霸王餐的打算，又有什么关系呢？您应该知道，在一位老人的尊严面前，即使再多的钱，也不值一提……

没有新娘的婚礼

那个饭店的一楼餐厅，在中午，会有很多人前来就餐。整个餐厅嘈杂和拥挤，热气蒸腾。

男孩穿着笔挺的西装，打了漂亮的领带。他的手里拿一只麦克风，站在餐厅一角。他说大家静一静，大家请静一静。

费了很长时间，大厅才稍显安静。正吃饭的人们不解地看着他，不知道他想干什么。

男孩清清嗓子，他说本来今天中午，我应该请你们参加宴席的。可是由于时间太仓促，又没有准备，所以，只能请你们喝一杯酒了。然后，他让服务生给每一张桌子，都放上一瓶白葡萄酒。

人们看着他，更加不解。

男孩变得有些羞涩，他说今天，是我和她结婚的日子。昨天夜里才决定的。父母和亲朋在外地，不能赶过来。所以现在，你们都是我最尊贵的宾客。

原来如此！大家纷纷端起各自的酒杯，说些祝福的话。男孩腼腆地笑起来，端起一杯酒，一饮而尽。

新娘子呢？有人问。

男孩就朝门口招招手。人们看到，一位穿着白色连衣裙的姑娘走进来。姑娘既没有化妆，也没有披婚纱。虽然脸上也挂着笑，却不是新娘子所特有的那种羞涩幸福的感觉。

这是她的同事，也是她的伴娘。男孩跟大家解释，新娘今天不会来了。

人们再一次愣住。新娘不会来？这算什么样的婚礼？

是这样。男孩继续说，她是医院的护士，本来我们计划好的，明年国庆节结婚。可是前些日子，她在照顾完一个病人后，感觉身体不大对劲。昨天下午做了检查，才知道原来是被传染了……染上这种病，结果很难说。所以现在，她其实正在医院里的隔离病房。我是在昨天夜里，才决定把我们的婚日提到今天的。

那为什么不等等呢？有人不解。

为什么要等呢？男孩说，我就是想让她知道，在隔离房门外等待她的，已经不再是她的男友，而是她的丈夫……

男孩掏出一个粉红色的首饰盒，郑重地递给那位穿连衣裙的女孩。替我跟她说对不起，男孩说，因为，我不能亲手给她戴上……

周围静了十几秒钟。突然有人鼓掌。然后，掌声连成一片，经久不息……

一年后，结婚纪念日那天，他们在这个酒店，摆了一个小型的宴会。

有人问女孩，在隔离病房里，每天你想得最多的，是什么？

我在想，我一定要出去。女孩说，因为这城市里，我已经，有了一个家……